永生的凤凰

林清玄
作品

作家出版社

图书在版编目（CIP）数据

永生的凤凰 / 林清玄著 .—北京：作家出版社，2018.11

（林清玄经典散文）

ISBN 978-7-5212-0198-7

Ⅰ.①永… Ⅱ.①林… Ⅲ.①散文集－中国－当代 Ⅳ.① I267

中国版本图书馆 CIP 数据核字（2018）第 198110 号

本著作物经厦门墨客知识产权代理有限公司，由九歌出版社有限公司授权作家出版社，在中国大陆出版、发行中文简体字版本。

永生的凤凰

作　　者：林清玄

责任编辑：省登宇

助理编辑：张文桢

装帧设计：粉粉猫

封面绘图：李荣哲

出版发行：作家出版社

社　　址：北京农展馆南里 10 号　　邮　　编：100125

电话传真：86-10-65930756（出版发行部）

　　　　　86-10-65004079（总编室）

　　　　　86-10-65015116（邮购部）

E-mail:zuojia@zuojia.net.cn

http://www.haozuojia.com（作家在线）

印　　刷：河北画中画印刷科技有限公司

成品尺寸：142×210

字　　数：170 千

印　　张：6

版　　次：2018 年 11 月第 1 版

印　　次：2018 年 11 月第 1 次印刷

ISBN 978-7-5212-0198-7

定　　价：42.00 元（精）

目　录
CONTENTS

自　序

　　今年二月在西雅图，在从华盛顿湖驱车往华盛顿大学的路上，我迷路了，发现自己走到了一条人迹稀少的乡道上，一时找不到出路，就下车到林间散步，等待着过往的行人问路。

　　这时我发现，我迷失的树林真是美得动人，走几步就有一个小湖，还有一些颜色斑斓的不知名的小岛。湖畔到处走着海鸟、野鸭，它们一点也不畏生，我走近了，反而好奇地走来围着我，有的飞起来，轻轻地点一点清明的湖心，就飞到林间深处去了。

　　西雅图的冬天很冷，无边的树木萧瑟地站立着，所有的叶子落尽了，冷风一阵阵袭来，更令人感觉到这一片大地的幽静。奇妙的是，所有的树叶都落了，而铺在地上的小草却像春天时一样翠绿，偶尔还能在寒风里看到一些红的、紫的小野花，开在树林中的残雪里。

正好四周没有行人，我便怀着悠闲的心情观看着林中山色，深刻地感受着游人的心情。抬头往四野望去，四面的高山积了厚厚的一层雪，万峰皑白，雪光莹然，静默地围绕着这个美国北边的大城，有许多雪在那些山上是终年不化的。

我坐在草地上，一任寒冬的暖阳铺在身上，有一点点的温暖肤触着我，而我的身旁的鸟正叽叽喳喳地交谈着。那时，我突然想起了十几年来的写作生活，这里面有悲苦有欢乐，有雀跃也有伤感；正像是在零下三度的北国晒着阳光的感觉。

在过去的日子里，每当面对写作的新关口、情绪往下落的时候，我就外出去旅行，去看不同的山川，去会面不同的人物，然后我总是能或多或少地得到一些新的启示，并依着那些新的启示出发。说起来，我从事报导工作而不感到厌倦，喜爱旅行是一个很重要的因素。

除了旅行，我想我对人和土地的热爱也是不可忽视的因素。很多时候，我是个情绪很不能自制的人。看到一件动人的事，看到一幅美丽的风景，听到一首好听的歌，或遇到一个有意思的人，我都会感到内心波涛汹涌，恨不得天下人也能和我分享，并获得相同的感动，因此我常在长夜的孤灯下写作，让自己的情绪宣泄出来，使心情得到平衡。

有许多可敬的朋友时常对我说："你是可以创作的人，为什么不专心创作，而要花费这么多时间写报导呢？"我想，我是可以创作的，但写报导同样是我所喜爱的一种创作方式；在写报导的时候，我不纯然是个独立的作者，而且可以和别人沟通，可以直接去关心我所见到的事物。我的报导是"我"和我的"对象"共同完成的。

我总是想，我真正的创作还是留到以后吧，因为我还年轻，手里又有一支快笔，在我还能跑动的此刻，在我还有充沛的入世热情的此刻，让我多花一些时间在报导上面吧！

人一到了中年，对周遭的热情终不免因时间与世事的推移而减弱，但是我时刻在警惕自己，永远不要使自己对人和环境的热情减少。表现这股热情的最佳方式，在我而言，就是不停地写下去，不停地让自己投在火炼之中。就像处在寒冬的落木之间，心情恒维持着一种温暖，这温暖让我们看清在满地青草之下，春天的声息正从遥远的地方走来。

收集在这本集子里的几篇文章，像《不敢回头看牵牛》《独对青冢向黄昏》《杨妈妈和她的子女们》，都是我含着眼泪写成的。如今重读这些文章，鼻子里还有酸意。有时候我觉得，把自己情绪的反应写出来是对不起读者的，但是如果我隐藏了自己，用理性的态度来写报导，不但对不起读者，也对不起自己。也许，哪一天我不再写报导了，才是真正对读者有所愧欠吧！

这些年来，因为工作转变，我比较偏重于艺术的报导和批评，一般的报导反而写得少了。记得有一次在康涅狄格州遇到一位陌生的留学生，他读过我最早期的一本报导《长在手上的刀》，询问了我这些年从事报导的情况，我竟无言以对。

我说："再给我一个出发的机会吧！"

其实，"出发"这两个字说起来容易，但它有很多时候是会陷进现实的泥沼里的。我时常告诉自己：随时可以出发！随时保持着出发的心情。所谓出发，是鸟将要起飞的那一刻，是花将要开放的那一刻，是马将要起跑的那一刻，是火车鸣起汽笛的一刹那，全是要经过阵痛的。但是如果没有那一刻，就永远抵达不了目标。我也权且把此书看成是一次出发，而不是我从事报导的一个句点。

今年五月，我到新加坡去访友，当地有许多年轻朋友都读过我的报导作品，并且对报导怀抱着热情，希望自己也能投入和参与，问我要怎么着手。我说："你们不要着手，要今天就出发！"我为自己的"小作"在南洋远地也有人共鸣而欣喜，我说："就从你们身边的人和土地开始吧！关心人和土地是报导文学一个很重要的特质。"

　　我从来只是写，不要求读者一定与我有相同的想法。但是我希望读这本书的时候，确能带给亲爱的朋友们一些感触；进而有更多的人从事报导，使我们走向一个更理想的社会。

　　我想重申的是："报导文学工作者只是一个社会的观察者，不是社会的改革者。"这使我想起在西雅图的湖畔，我双手一扬，把林鸟惊飞，而我不知道那些鸟将飞往何处。我的文章出版成书的时候，我的心情也是一样的。

林清玄

安和路客寓

卷一　仰望祖先的天空

不敢回头看牵牛

——噬人肌骨的乌脚病探访录

走进这一栋苍白的两层楼建筑,从玻璃窗往外望,一片未耕耘的田地里长满了零乱粗糙的杂草,一头结束了工作的老牛正在草丛里缓慢地踱步,时而仰起头来,细细地享受着草的香气。

更远的地方,一堆堆鲜白的盐田在草的远处若隐若现,几个盐农像黑点一般在白盐堆里辛苦地工作。那样远眺,他们正如蚂蚁一样渺小地伸出与生活苦斗的触角。

再远的地方,就是海了。我看不见海,但我确知海就在那里,惊涛正拍着岸边,传来细微但可辨的波浪的声息。

就在这充满颜色与声音的大地上,我的背后却是一片死寂，一回身，有两个没有了小腿的中年汉子在那里有一搭没一搭地叹气，另一个只剩一条绑着纱布的腿的老妇人，则闭着眼睛坐在轮椅上歇息，午后的阳光正好从窗外爬到他们腿上，明暗的对比竟是那样决然，没有丝毫商量的余地。

顺着中间的甬道，我往阳光射不到的地方走进去。

病床一床叠着一床延伸过去。

缺腿的，没有脚掌的，脚指头被整齐切平的病人慵懒地皱着眉头地躺在一处，一、二、三、四、五、六……天呀！有十六个残缺不全的病人无声沉寂地躺着。

病房是白的，病床是白的，白色在病房里横冲直撞地泛滥着，墙上开着一列大窗，是午后三点阳光正强的时候，屋里却没有光，因为窗户全被浓重的窗帘把阳光无情地挡在外边，空间窒闷得叫人喘不过气，病人看见我也视如不见，丝毫不改变原来的姿势。

"为什么不把窗帘拉开呢？"我问。

没有人回答我。

我拿起放在墙角的一支老藤拐杖，猛然将窗帘拉开，唰一声，阳光如盆，整个扑跌进来，那光没想到把整个病房震荡了，所有的病人都翻身坐起，用双手紧紧遮住双眼，有几个开始痛苦地呻吟，接着是一片呻吟流淌到屋外，仍是无言。

屋外仍是灿然的阳光一片。

我诧然地愣在当地，正寻思间，一位年轻的护士冲了进来，她着急地喊："你干什么？你！"迅速地抢过我手中的拐杖，把偏在一边的窗帘一寸一寸拉上，回转头来用美丽的大眼睛瞪视着我，斥责道："谁叫你把窗帘拉开的？"

"我只是想要让阳光进来罢了，屋里太闷了。"看到她惊怒的表情，我不知为什么突然颓丧起来。

"你知不知道他们这种病是不能受到阳光照射的？"

"为什么？"

"乌脚病是血液循环引起的病，他们只有在摄氏二十五度的温度中才感到比较舒适，太热的阳光使他们的血液循环加速，会刺痛；太冷的天气使他们的血液循环困难，也会刺痛；你没看见阳光一进来，他们都开始呻吟了吗？"

护士小姐的话狠狠地刺伤我，天底下为什么有这么诡异而苦痛的病？如果一年的气温都是二十五度就好了，我想着。然后我看到病人无奈无助地望着我，眼神一片茫然。护士小姐不理我，开始一一安慰刚刚被我的鲁莽动作伤害的病患。

我颓然无言地跌坐在病床旁边的椅子上。

想去探索乌脚病仿佛在冥冥中有一种神奇的指引。有一天我在豆浆店里买了一套烧饼油条，用一张旧报纸包着，回到家，我一面吃烧饼，一面无意识地翻阅旧报纸，忽然有几行字从报纸上跳出来：

> 从日据时代到一九七六年年底，共有一千六百多人得乌脚病，最小的病人只有两岁，最大的发病年龄是八十七岁。

那则新闻接着说，这是一种从未治愈过的病，患者的必然过程是先切掉脚掌，然后切掉小腿，然后切掉大腿，然后……

它说："乌脚病是本省最大最无情的分尸案凶手。"

再下去，报纸就没有消息了。我的烧饼吃到一半再也咽不下去，想我平日也跑过不少地方，为什么从来就没有发现那一个僻静的地方？而一幅幅被锯掉两腿的影像在我的脑中涌动，一千六百多个人被分尸并不是小数目，不知道社会上有哪些人关怀他们？管他的！人世上生生死死的事不知道有多少，乌脚病远得像天上的云一样，这样想着，我就安心不少，翻身睡去。

第二天一早起来我坐在沙发上看当天的报纸，没想到乌脚病又跳出来，报上的标题是："乌脚病区供应自来水，普及率已达九成，鼓励申请供水，政府给予补助"。

几个月前的旧报纸是乌脚病，今天的新报纸又是乌脚病，真巧。我再仔细地阅读那一则新闻：

> 省自来水公司董事长林清辉、总经理陈濂泉昨日一致表示，本省五县市六十个乡镇列入乌脚病区的饮水改善计划，已完成百分之九十，乌脚病区内居民饮水卫生即可获得改善。
>
> ……
>
> 林董事长等又说，乌脚病区饮水改善后，已使患病人数降低，初次发病的患者平均年龄提高；最为显著的效益，是供水后未再发现新生儿病例。云林、嘉义、台南五县市六十个乡镇乌脚病受益人口高达二百三十万。

过去受乌脚病威胁的地区竟然多达六十个乡镇，人口多达二百三十万，是一个多么可怕的数目，这个病说不定值得去看看，幸而供应自来水了，等有空路过时转去一探究竟，应该不会太迟的。我收好报纸去上班。

到了办公室，我的桌上放着一本刚寄来的新杂志，一翻开，赫然又是乌脚病，它说：

乌脚病在这些地方流行二三十年了，目前患者已经逐渐减少。但正如压低了跷跷板的一端，另一端就升高起来，当乌脚病慢慢减少时，另一种疾病——膀胱癌却日渐增多。像当年乌脚病看上这块地区，一个病例、两个病例慢慢地滋生；现在膀胱癌也不声不响地壮大它的声势。

目前在台南市开业的叶明道医师指出，他的膀胱癌病人约有百分之九十来自乌脚病流行区，比例高得吓人。

乌脚病是什么魔法的病，二十四小时内就在我生活的四周滋生出来？第二天清晨我搭上火车往乌脚病的地区出发，在火车上，我一方面急切地想要去探望那些患病的人，一方面又怯于去面对这些与我生长在一块土地上而我在过去完全不知的无告的同胞。

打拼六十年，不向乌脚病认输

就在我坐的椅子旁边，一位老人正无神地望着空中，他的头发全白了，衣襟向两边敞开，露出黑而瘦的胸膛，他穿着短裤，左腿被切去一半，右腿切去了脚掌，上面还裹着一层厚厚的纱布。我把椅子移到他面前，他视而不见。"老阿伯，老阿伯。"我轻声地叫他，也没有动静。

"他眼睛瞎了，耳朵重听，你这样叫他听不见的。"护士小姐走过来摇他，大声喊叫："阿伯仔，有人要和你说话啦！"

他猛然惊觉，右手摸索着搭在我的左肩，说："哦，哦。"

我便开始大声吼叫地附在他耳朵上和他交谈，老人告诉我，他今年已经七十四岁了，是嘉义县布袋镇的人，五年前病发辗转到乌脚病防治中心求治，把一只好端端的左腿从大腿中央锯掉，拄着拐杖回到家乡，三年前不知道为什么瞎了双眼，耳朵也听不大清了。今年春天右腿又病发，回到防治中心锯腿，他说："这一只是上个月才锯掉的。"

"你以前是做什么的？"

"我卡早是伐木材的工人，在阿里山砍木材，你看，"他

9

突然撩起右手的衣服，将右臂弯起，露出结实的上臂肌，"我未得这个魔鬼病时是很勇健的。"

"你现在还是勇健的。"我咬牙说。

"不行啦，跟了我七十年的脚都没了，还有什么好讲的。"

睡在他旁边的中年病人低声说："我如果像他这样，又聋又瞎，还没有腿，岁数又大，老早就自杀了。"

没想到这句低声的话老人竟听到了，他愤愤地说："死？哪有这么快？打拼六十年，碰到这个魔鬼也不能认输。"老人马上变得坚强起来，他告诉我，他要让子孙看看，他到老了也不认输，永不认输。"少年仔，不能认输，一认输，生命就给它收去了。"

他激愤地张合着嘴唇。我想到，老人是民间里一个平凡的人，他像大草原中的一株草，有一天被牛啃去草尖，又啃去草茎，但是他不肯就那样枯萎，还要挣扎着活下去。

和老人交谈，使我的喉咙沙哑了，病房里的人都苦着脸听我们的谈话，就在左侧不远处有一位老妇坐直了身子倾听，不时摇头叹气。我把椅子向老妇的床位移去，她很本能地向墙侧退缩蠕动，显出十分畏惧的样子。

老妇头发梳得光洁，穿着深灰色碎花洋装，露出两截短短的已结疤的大腿，她慌张地用手扯着洋装，企图把已锯掉的大腿掩盖起来，反而更清楚地让我看见她大腿锯断处青青蓝蓝的疤痕。

"阿婆仔，可以和你谈谈吗？"

"唉！"她终于放下一直扯着裙角的双手，软弱地说，"歹命人，如果不是想子孙，老早就死了。"

"你有几个子孙？"

"两个儿子，一个女儿，八个孙子。"

"他们在做什么？"

"女儿早就嫁了，大儿子在开西药房，小儿子在台北工厂里，他们常常来看我。我最大的孙女就快要出嫁了。幸好，他们都康健，没有染到我这种活不像活、死不像死的病。"谈到子孙，老妇比较平静了，她愁苦忧郁的脸上也才显出一些光彩。

老妇是嘉义县义竹乡人，在很年轻的时候，丈夫就离她远去了，她为人洗衣烧饭做杂活，独力养育三个幼儿长大受教育，一心盼着老年的时候可以享受儿女的孝顺，好好安享天年，没想到六十岁的时候得了乌脚病。

"起先只是抽着抽着痛，慢慢地脚就麻木了，脚掌发黑，根本没有办法走路。一来这里，他们就说要锯掉，我吓死了，我不要锯，可是痛得受不了，一锯，就锯到大腿，这个病真是恶哦！"

老妇的眼睛红了。

"你不知道，睁眼一摸两只腿跑掉，真不是滋味。"

老妇的眼泪掉下来，不断地拭着泪眼。我感到鼻酸，几乎无法再继续访问。

这是原罪吗？

乌脚病防治中心设立在北门盐田不远处，占地约二甲，建筑物大约一千五百平方公尺，是一座洁白整净的西式二层洋房，光看它的外表，很难想象它内部令人血泪翻滚的景象，不是缺腿就是断手，难以见到一个完整的人。里面一位工作人员告诉我："基督教诊所的人说这是'原罪'，可是这些人是无辜的老实人呀！"

我找到中心主任周瑞祥，请教他乌脚病的患因，他说，真正明白的病因还不能确知，目前的研究结果是水的含砷量过高，经过长期积累潜伏，变成慢性砷中毒的皮肤变化，包括皮肤癌、角化病、动脉闭塞、色素沉淀过多等症状，属于一种末梢血管疾病。

"为什么别的地方不发生，单单这个地区发生乌脚病呢？"

"因为布袋、义竹、学甲、北门这一带浅水的盐分过高，无法饮用，人们只好凿五十丈以上的深井取用饮水，加上地质关系，这里地下水含砷量在每公升0.4毫克到0.6毫克之间，国际的安全标准是0.05毫克。砷是有毒的，初步证明它就是乌脚病的患因。"

"过去治疗的情形如何？"

"到目前为止，乌脚病是不治之症，重者死亡，轻者切除患部，但切除后并不表示不再受侵袭，有的患者几年间就要切除好几次。既然没有有效的医治方法，最好的方式就是防止它发生。"

"要如何防止呢？"

"要废除深井，尽量供应自来水，是最急需也是最初步的方法。"

周主任还说明了防治中心每年的预算高达一千余万元，患者除了住院、开刀、治疗、食宿一切免费，每位每月还补助了一千多元，可见得政府为根除乌脚病的苦心。他充满信心地说："只要努力，它很快就会绝迹的。"

我没有那么大的信心，当一个人要面临双腿一寸寸脱落的时候，他们心境上的凄凉是可以体会的，面对这样的体会，我恨不得乌脚病根本不会在我们的社会发生，它绝对不是"原罪"，它是"罪源"，是我们应该极力去抢救和防治的恶疾！

老夫老妻，老苦相伴

就在我与老妇交谈的时候，后面一直传来"哼、哼"的痛苦呻吟，原来是一位老人闭眼躺在病床上，他的头发乱草般盘踞在头上，全身只剩下一层皮包着骨头，皮肤干瘪枯燥得有如放久了的橘子皮。他的肚腹上围着一条红色的毛巾被，两只失去小腿的脚露在外边用纱布捆着，纱布上渗着点点血迹，不断地喑哑低沉地呻吟着。

老人身侧坐着一位老妇，正用湿毛巾仔细地为他拭脸，一脸幽怨。

"是您先生吗？"我坐在床沿问她。

她轻轻地点着头，眼泪竟已悄悄顺着她脸颊慢慢爬向下巴，本来用着擦丈夫的毛巾转而拿来擦自己的泪水。

"他是什么时候得这种病的？"

"今年过年还好好的，过完年脚就黑了，我们厝边的人说这是'乌干蛇'，真是毒蛇一样一个多月就噬掉脚盘，不得已才来这里看医生，他这腿是上星期才锯掉的……"

老妇几乎是呜咽地说："好好的一双脚，好好的一双脚……"

老夫妇是台南县新营镇的人，那是乌脚病比较少的地区，患病时还不以为很严重，一到防治中心，老妇看了差一点吓昏过去，老夫反而安慰她："活到七十一岁了，锯就锯了，有什么关系，难道走路走了七十年还不够吗？"

"他倒躺在手术台时还坚强得很，没想到开完刀就软弱了，一天到晚哀叫，真是痛哦……少年家，你帮我替他翻翻身好吗？"

"嗯。"我站起来，将老人往墙侧翻过去，他原来躺着的地方露出人形的汗渍，但是，那汗渍只有上半身。老妇用湿毛巾伸入他衣服内帮他擦背，她细细地揉搓，充满了怜爱。"现在连翻身都不能，不知道何时才能坐起来哩！"

"你们结婚多久了？"

"五十一年喽！没想到一生拖磨，老来艰苦。"老妇擦背时已平静了不少，没想到一开口就又泫然欲泣。

老夫妇本来在乡下卖菜，生活虽然贫苦，却因为健康，活得平淡而充实。"我们一早就推着板车到市场去卖菜，他在前面拉，我在后面推，一天大约有三四百元的收入，吃是有够了，但是没存什么钱，老来煞这么艰苦。"

"你们的儿女呢？"

"就是没有……"老妇哭起来，"结婚五十一年连一个蛋也没有孵……"她的声音凄怆到几乎无法辨认，"我常想，这个病应该由我来得，我病了，他还可以去做工……他病了，我什么事都不能做了……"

老妇呜呜地哭起来，我手足无措地安慰她，恐怕神明都无法安慰她。没有子嗣在乡下人的眼中已经是相当哀痛的事，老来又得这种病。她哭了有好一会儿，才拭干眼泪，不好意思地笑笑，那眼泪与笑意像刀刃一样，用力地切割着我。

"再替他翻翻身好吗？"

我将老人轻轻地翻转过来，老人的脸上全是泪痕，枕头上湿了一大片，他的呻吟也不知道是什么时候停止的。

袜破要念着没腿的人

防治中心有二十位工作人员，每个人都忙得不得了，来去匆匆，我见到一位护士小姐叶丽兰，她是台中护校毕业的，普考及格后被分配到防治中心工作。

年轻的叶丽兰眼见完整的人如何被锯成残缺，眼见刚送进来的患者因患部溃烂而生蛆，还时时刻刻听见传自病房的低低的哀号，但是她每天仍抱着一颗关怀的、乐观的、看得见希望的心来为他们服务。

她说："这是我看过的最苦难的病患，他们的痛苦是健康人所不能想象的，而且是一天二十四小时痛，没有一刻间断。有时候他们的呻吟就像唱片跳针一样，永远重复同一个音调。"

"你怎么有办法在这里工作下去呢？"

"我以前选择这个职业，就是要做这个工作，总要有人做的。"

"病人切掉的脚都丢掉了吗？"

"放在标本室，我带你去。"

我随着她去看"标本"。当她打开大门时，我忍不住倒抽一口凉气，一个个大玻璃缸排成一列，里面放满大大小小长长短短的手脚，浸泡在药水里。那些手脚都已经完全失去血色，松弛地躺在瓶中，好像超级市场里堆得高高的动物肢体。

那是要鼓起相当勇气才有办法面对的景象。

我看到玻璃瓶里有几只断脚，从小腿部切断，但是脚掌的地方还有十分明显的切口，"这是为什么呢？"我问。

"哦，本来是想只切断脚掌的，没想到一切开，脚里已经没有血在流动，只好再往上切，一直切到有血的地方。"

还有几个脚掌特别的小，像是小孩子的，护士小姐说，有的是八岁的小孩，有的是十几岁的小孩的。"患病只好切除。"

　　然后她带我去看另外一个房间，房间里摆满了陶制的大瓮，看不见里面，但是里边也是更多的标本、更多的手足，它们沉在瓮中，再也见不到天日。

　　我看到乌脚病防治中心的资料，光是一九七八年一月到六月，就有门诊七千五百人次，住院九千人次，切除肢腿一百五十只次；装义腿二十只，义手十四只，义脚二十只，模型义肢五十四只，这些统计数字是每个医院都有的，可是在我看过那些手脚的标本以后，却使我手心发凉。

　　我站在标本室的门口，想起不知道谁说过的一句话："当你为袜子破了而抱怨时，不要忘记那些没有腿的人。"我告诉自己："当为袜子破了而抱怨时，不要忘记乌脚病防治中心的标本室。"

　　直到砰一声关掉标本室的大门，我才像是从一场噩梦中醒来，又回到了现实的世界。

一曲琵琶恨正长

　　就在我帮老人翻身的时候，右边的一位中年汉子闭目咬

牙在那里拨弄琵琶，轻柔淡雅的弦音霎时间溢满了屋内，在
病腿间流淌。他的床侧还摆着一把扬琴。他的两脚尚好，一
只切掉五个脚趾，另一只用白布包扎着。

我走过去还没有开口他就先说话了，他说："我本来打算
不和你说话，但是看你帮那个老人翻身，别人帮他翻身都痛
得哀哀叫，没想到你这么细心，他连叫都没叫，所以我决定
和你说我的身世。"

"您喜欢弹乐器吗？"

他点点头说："痛得受不了时就弹。"

"可以弹一首给我们听吗？"

他无言地点点头，正襟危坐，将本来拿在手上的琵琶放
在腿上，开始玎玎玱玱地演奏起来，他左手在弦上飞舞着，
我注意到他那一只拨弦的右手，中指已经萎缩了，无名指勾
弯着，只用三根手指头弹琴，因此使曲子的节奏变慢了，益
发增加了一种悲凉的况味。他弹的是一曲《昭君出塞》。病房
里除了琵琶的声音，以及躺着的老人不时低哑的呻吟声，几
乎完全静止了，整个病房一时被王昭君和番的悲怨气氛笼罩，
他弹到后来双手不住地颤抖，眼睛也红了，没有脚趾的左脚
还轻轻打着节拍。

我从来没有听过那么惨痛的《昭君出塞》，每回玎玱一

声都像触到心灵的最深的一处，那就像天地整个冰冷地冻结，是一个黑而冷而寂寥的世界，仅剩下人心里最底层的一滴水还孤独地温暖着，那个仅存的水，只要稍微有一些热度就沸腾起来，蒸发出来。

在唏嘘声中，他好不容易地弹完那支复杂感伤的曲子，背后有一位老病人啪啪啪地鼓着掌，病房里马上东响西应，响着零零落落的掌声，中年汉子露出一丝浅浅的苦笑，额上冷汗珠珠，正如同老了的戏仔拼着命唱了一出戏听到清冷的喝彩声一样。长久以来同病的相怜相知，使他们变得意外的沉默，也许是借着拍掌的那一刻，他们才能打破无以倾诉的苦痛。当汉子说"幸好还有手，可以拍拍手"的时候，我们都不争气地眼红叹息起来。

"您为什么要弹这首曲子呢？"

"我喜欢这首曲子，唉！我想过，我们这些患了乌脚病的人，就像要去和番的王昭君，骑着白马出关，看着万里黄沙，沙上到处都是人的白骨，回头故土三泣首，前途茫茫，不知道自己要往哪里去，也不知道出了关是不是还有回来的一天！"

汉子说着说着就流下了无声的泪，滴在他的琵琶上，那泪中有恨，有绵绵无止的幽怨。他突然用力地弹一下琵琶的弦，锵——一声，戛然而止，余音还在病房中围绕着。

自来水是活命的泉源

自来水在我们任何一个人的家里，都是最平常、最简易的，只要扭开水龙头都有用不完的水出来，平常我们不会太重视它，但是在乌脚病区，缺乏自来水，使他们多少年来都生活在乌脚病的威胁下，平日里好好的一个人，一得了病便永远没有翻身的一天。

于是，自来水是他们最渴求、最需要的活命的泉源，只要乌脚病区都有了自来水，乌脚病就必定会绝迹，因为据防治中心的检验显示，乌脚病患的尿液与毛发的含砷量高于常人，水的含砷量愈重，饮用期间愈长，病情就愈严重。因此，自来水一日不能全面供应，乌脚病的侵袭就一日不能解除。

早在一九五六年就开始在乌脚病区办理自来水工程，由于地方政府的人力财力有限，一直到一九七三年才完成自来水供应人口约一百一十二万人，还不到该区当时总人数二百四十万人的一半。乌脚病的病例还在不断地发生，到了蒋经国"总统"在"行政院长"任内，屡次巡视乌脚病区，一九七三年年底指令"卫生署"彻底研究乌脚病因，并应在一九七八年以前消灭乌脚病因，免费提供医疗食宿的乌脚病防治中心也在这个时候应"蒋院长"指示成立。

这个指示日后成为乌脚病区民众的救命符，可是他们从日据时代直到一九七三年这一段漫长的时日里，他们在这段漫长的时日里，却活在无形的恐惧之中。

一九七四年一月，台湾省自来水公司开始实施"乌脚病地区改善供水计划"，这项计划进行了四年半，直到一九七八年六月才完成，共耗费新台币十一亿元，供水覆盖人口达到二百三十万，供水普及率高达百分之九十。

根据省自来水公司表示，乌脚病区饮水改善后已收到以下几项成效：

一、年患病人数降低——一九五六年至一九六五年平均每年患病人数为 57.6 人，一九六六年至一九七五年平均每年患病人数为 33 人。

二、初次发病患者平均年龄提高——一九五五年为 56.2 岁，一九七五年为 66 岁，足以表示除曾长期饮用含砷地下水的潜伏性病人外，乌脚病已被控制。

三、供水后未再发现新生儿病例——供水前乌脚病初发病人小于 19 岁者计 111 人，近二十年来供水后地区，尚无新生儿患病。

这项统计资料给我们对乌脚病的绝望带来一点点信心。我觉得一则以喜一则以忧，喜的是，乌脚病区民众在黑暗的所在生活了许多年，终于一步一步走到见得到光的地方，年老的乌脚病患切除双腿的付出，也终于为他们的后代子孙争取到一点免除步上他们后尘的代价；忧的是，那剩下的百分之十的未供水地区的民众呢？他们是不是有走出乌脚病阴影的希望？

对于我的这个问题，省自来水公司董事长林清辉回答是："无法供水的地区，将普遍增设除砷设备，使饮用水含砷量控制在每公升 0.05 毫克的标准下，而且凡乌脚病区的居民申请供应饮水，政府将辅助设备费每户两千五百元，务期完全根绝可怖的乌脚病。"

在一层一层的努力与允诺下，乌脚病区民众好像活在深五十丈到处都是"砷水"的井底，终于看见自井口垂下来的一条天梯，慢慢要爬到光明而广阔的世界里来。

可叹的是，他们走过了崎岖路，盼的只是能饮到一口自来水。

一场惨不忍睹的奋战

在病房里弹《昭君出塞》的汉子名叫李清荣，他用和弹琵琶一样充满忧伤的语调，和我谈起他的身世，以及与乌脚病奋战二十年的痛苦经验。

李清荣是台南县学甲镇人，十五岁时到台南市做理发学徒。到了十九岁——一九五七年冬至刚吃过汤圆的第二天，他感觉到左脚冷冰冰的像麻木了一般不能动弹，颜色也开始转黑，然后就开始抽筋，从骨髓像针一样的刺痛，他说："我害怕极了，我们那里老一辈的人说是'得蛇'。"

李清荣是养子，他的养父母为他的病十分着急，中西医都看过了，各种神都求过卜过了，病情却毫无起色。最让他感到恐怖的是，还不知道是什么病，脚已经开始溃烂，又得了破伤风。

"后来我才知道这种病叫'乌脚病'，无药可医，但是我不死心，天下哪有医不好的病？"就是抱着这一点不肯绝望的信念，他住进台大医院503室，住了五个多月都没有好转，医生们都劝告他开刀把患部切除，李清荣不肯。他对医生说："我的骨肉怎么割我都不怕，但是把它从我身体切掉我不要！"

医生们没有办法，只好把他大腿内侧的交感神经切断，让他的血管失去收缩的功能以减轻他的痛苦，李清荣觉得好一些了，虽然左腿行动不便，他还是在一九六一年办理出院手续，重新开始他的理发工作，并且娶妻生子，过着正常的生活。

可是，李清荣自患病到出院已经过好几年，因为他的病，把家里的田地金钱花得寸草不留，养父母也由于悲伤操劳过度在他患病期间相继去世，他低沉地说："我一生最可叹的事，就是我父母过世，我不能走去送，反而躺在病院里呻吟。"说着，他的眼眶又湿润起来，十九年前的往事如今还引动他的悲伤，可见乌脚病带给他心灵的怨叹有多深了。

人世的悲运并没有了结！

去年春天，李清荣的右手也得了乌脚病。有了一次经验，他更不愿在乌脚病的折磨下屈服，仍是抱着"宁死不锯"的决心，在台大医院许见来医生的仔细医治下，终于使他的右手保留了，付出的代价是，右手中指缩小，无名指弯曲，他还是说："变形总比切除好！"说着就怜惜地用左手爱抚着右手。

李清荣右手的苦痛刚刚告别，一九七八年春天乌脚病魔又选中了他的右脚，他只好放下妻子儿女，住到乌脚病防治中心来，对李清荣而言，人生真是一场惨不忍睹的奋战。

"不过，我不能认输！"他充满胆气地说这话时，也不禁怜惜地抚摸他尚完整但已变黑的右脚，许多比他后进来的人因为忍不住疼痛，大部分做了切除手术，只有他还在忍，坐着忍，躺着忍，流着眼泪忍，咬断钢牙忍，因为他说："乌脚病的痛是无昼无夜的痛，是任何肉体痛里最痛的痛。"他说："到死，我也不肯向乌脚病低头！"

李清荣说完他的故事，我抬头望向窗外，眼界不知道什么时候却模糊了。

乌脚病招来它的孪生兄弟膀胱癌

这么多人用手脚和生命去奋战的乌脚病，在可预见的将来必要绝迹，可是乌脚病也不肯认输，在它战败临去的秋波一转，却招来了它的孪生兄弟——膀胱癌，膀胱癌也不是好惹的家伙，它的威胁甚至远大过乌脚病。

南部几个有数的泌尿科医生纷纷发现，乌脚病区民众得膀胱癌的比例很高，占总患者的百分之七十以上，这是个让我感到忧心的问题，难道长久以来与乌脚病搏斗的民众，好不容易挣扎到看到了曙光，又要步入一个更漫长的地道里吗？

按照高雄医学院泌尿科主任江金培的说法，膀胱癌潜伏期有时长达十几二十年，和乌脚病一样，到今天医学界还无法确切掌握到它的病因，只知道它和工业污染有密切关系。他说："据调查发现，像染织厂工人和冶金厂的工人，由于长时间接触染料和硝酸溶液，得膀胱癌的机会很大。"

愈是工业化的地区得膀胱癌的机会愈大。根据医学报告，国际上非工业地区流行膀胱癌的地区几乎没有，只在以色列的一个小地方见过。如今，膀胱癌在乌脚病区流行起来了，台南、高雄等南部几个有数的泌尿科所遇到的病人大多是来自乌脚病区，难道台湾的乌脚病区将成为国际医学界的第二个非工业化区流行膀胱癌的地区？在看过乌脚病患的惨状后，想到这个问题就让我全身冒冷汗，这难道又是"原罪"吗？长期咬紧牙关与烈日、海风搏斗，苦苦生活的乌脚病区民众究竟为什么不能平静地度日呢？

是不是又是含砷的水惹的祸，到现在还是一个谜题，唯一不是谜题的是，乌脚病区有很多民众曾因自来水工程完成后须缴付微薄的水费而拒饮自来水，如今有的人为了无力付医药费，连膀胱癌都无法开刀，只好无告地面对死亡，这是明明白白的，不是谜题。

许多人在漫长的苦难岁月中侥幸逃过了乌脚病的侵袭，却又在膀胱癌的抢夺下失去了生命，这也是摆明的，不是谜题。尽速控制膀胱癌的流行，是医学界刻不容缓的责任！

从去年七月开始，三军总医院与陶声洋基金会一共拨出四十万元，对乌脚病区膀胱癌病例较多的村子展开调查，全面检验四十岁以上者的尿液，找出还未发生膀胱癌初期血尿的潜伏性病人。

可是找出来以后呢？是不是和乌脚病一样，给予免费的食宿和医疗？过去膀胱癌病患因付不出昂贵的医疗费而废医的高达受医疗者的五倍，倘若我们不能正视这个问题，给予充足的补助，他们可能在经过长时间与生活的奋斗后，最后在病床的呻吟声中度过最后的生命，这是任何一个有良知有血性的人所不愿见的。

不敢回头看牵牛

我们擦净了眼泪，我对李清荣说："再弹一首曲子吧！"

他竟笑着说："听扬琴好吗？"他顺手放下了琵琶，在床侧取过琴来，拿出敲击琴键的两枝细竹子，我看着他变形的脚，扭曲的右手，想到他二十年来与乌脚病苦斗，最后终不免要失败，又不肯认输的强韧生命，胸腔整个浮动起来了，人到底还是相当坚强的吧？！

他仍是熟练地坐在病床上奏起一首歌，当音符流淌出来，我整个人被震惊住了，那是我从幼年听长辈们唱到大的一首最平凡的《牛犁歌》，农人们在忧伤无告时唱这首歌，在农田耕作时唱这首歌，在快乐收成时唱这首歌，围在庙口也会心血来潮合唱这首歌，甚至冬日围炉时也会唱这首歌，我童年的时候，几乎时时听到这首节奏明快简单的农村曲。可是几乎有十几年的时间，我没有听过农人唱这首歌了，传统的农村情调也随这首歌的流失而消逝了，所以李清荣的琴音一动，便翻开我童年时心胸中的血潮。想起三十年来台湾农村走过的道路，我禁不住轻声地随琴音唱起来：

头戴竹笠喂

遮日头啊喂

手牵那犁兄喂

行到水田头

那哎哟犁兄喂

日晒汗愈流

> 大家哪合力啊喂
>
> 来打拼哎哟喂
>
> 哪哎哟啊伊多犁兄喂
>
> 日晒汗愈流啊伊多
>
> 大家协力来打拼

唱着，唱着，病房里其他的老人也张开口，合唱这一首描写辛苦中蕴含着一丝希望的，在轻快中又有汗水的歌，老人们唱歌的心情，我是可以了解的，他们是老的农民、渔民、盐民，和这首歌一样，曾经尊严地和生活搏斗过，曾经在痛苦的绝望中和生命的悲运决战，如今腿被锯掉了，他们并没有倒下去，还想在自己的农田土地中站立起来。维系他们生命力量的也和这首歌相同，只是一颗质朴、单纯、刚强、奋力的血淋淋的心情。病房的歌声便在这种心情里从极细微忧伤，慢慢成为血泪交织的大合唱：

> 脚踏水车喂
>
> 在水门啊喂
>
> 手牵那犁妹喂
>
> 透早天未光

哪哎哟犁妹喂

水冷透心肠

大家哪合力啊喂

来打拼哎哟喂

哪哎哟啊伊多犁妹喂

水冷透心肠啊伊多

大家协力来打拼

一遍又一遍，我们又合唱着苦难的祖先所唱的充满喜气的大地咏叹歌，每个人都在这喜气中流下了泪水，许是太久没有歌声了，病人们重复那单调的呼叫唱到声嘶力竭，声音才慢慢平淡下来。我勉强压抑自己的情绪含泪问李清荣："为什么要弹这首曲子呢？"

他幽幽地说："我养父母本来是农夫，我因忍受不了农夫的辛苦，要犁田、要牵牛、要踩水车，便不顾父母的反对到台南去当理发学徒……"他想起死去而没有人送葬的父母，用几乎是呜咽的声音说："现在不要说踩水车、驶牛犁了，就是想牵牛也不能牵了，每次看人牵牛下田就在窗内偷偷流眼泪，能够牵牛下田是何等快乐的事呀！"

说完，他扑倒在我的肩上，大声地抽泣起来，我感觉到他颤抖的手紧紧抓住我的肩膀，想起苦难的一千六百多个患乌脚病的人，竟也忍不住放声痛哭，我们抱着痛哭，哭到防治中心的护士小姐和拄着拐杖坐着轮椅的病患都过来安慰我们，许久之后才在至痛的哀伤中苏醒过来。

当我知道他们在夏日里晚上蚊虫很多，缺少蚊帐，便把身上仅有的两千多块钱全掏出来给他们买蚊帐。

我红肿着眼睛走出乌脚病防治中心，看着我们祖先开垦过的土地，不觉舒了一口长气，这是个充满阳光和生机的大地，祖先奋战的血潮，如今还在我们身内汹涌循环，痛苦与无告都要过去的吧！

魔咒也似的敲我的心门

我身上没有一毛钱，从乌脚病防治中心走三十分钟到基督教乌脚病诊所，在那幽暗的大门口徘徊又徘徊，终于压制住自己的脚步，因为我知道那里面是更多痛苦的灵魂。

再走了四十分钟到北门，我要向一位朋友借一点钱回台北，对朋友说明了来意，他惊讶地说：“你怎么会到那种地方，我去过，到处都是苍蝇，好脏呀！”

我把两百元往他的脸上丢去，便愤怒地跑出了朋友家的大门，这原是个冷血的世界，乌脚病患的苦难无怪要持续了这么长久。我向警察局借了两百元，搭乘普通车开往台北，那时已是夜晚，车远处的田野上有渺不可及的灯火，一盏一盏从车侧流去，坐在我身边的老人传来富有节奏的鼾声，在他的鼾声中李清荣的《昭君出塞》和《牛犁歌》闪射出来，魔咒也似的琤琤敲着我的心头，生命的灯也像车外的远灯一样幽忽，也许我们一不注意，它一闪就逝去，我们是不是在酒醉饭饱的时候，会想到有一群角落里的生命一点一点被吞噬呢？我想到海边捕鱼的渔民、牵牛下田的农民、北门盐田上苦苦工作的盐民，以及生活在没有光的所在的矿工，还有在病床上辗转呻吟的乌脚病患，这样想时，我清楚地看见普通列车上雾气满布的窗户上映着自己流泪的侧影。

从最根深处站起来

——摊贩素描

一只未完成的鞋子

我们不管在什么时间，从任何地方走过，都很容易看见一个景观：许多人团聚在一起，看着小小的摊位出售货品。

我们或者会停伫下来买一点东西。

我们或者会站着看他们卖些什么。

大部分时间，我们视若无睹地走过，冷然无情地走过。

于是，那些生活在我们四周的人，便好似与我们没有什么相干，我们不知道他们的生活、他们的背景，甚至不知道他们是从什么地方冒出来的。

有时候我们会抱怨他们阻碍了交通，妨碍了秩序；有时候我们高兴在无意中买了便宜的东西；还有时候，我们会问："他们大概赚了不少钱吧？"

这是我们对摊贩的一般观念。所以虽然摊贩与我们的生活有相当关系，他们却仿佛生活在另一个神秘的世界，我们看不见他们的辛酸也看不见他们如何在最根深处站了起来。

多年来，我接触了很多摊贩，我佩服他们面对生活的勇气。他们虽然做着最卑微的职业，和生活苦斗着，光是这一点就足以给我们很大的启示。

在写这些摊贩前，我想起了童年的经验。

七岁的时候，我用一个铜板一个铜板攒聚起来的少量金钱，向小镇街边的摊贩买了一盒油彩。回到家里，我把那盒有十二种颜色的油彩一条条地挤出来观察，当色彩从管子中出来的一瞬间，我领悟到人间的色彩，那种色彩的感觉一直跟随我到今天。

然后我想，我要画什么呢？

我选择了那个卖油彩的摊贩。

我便每天背着油彩坐在摊贩对街的农会屋檐下，画那一个瘦小的老摊贩，他穿着厚重的棉衣、戴黑色毛线帽的形象给我很大的震撼。可惜当我画到他那一只开口笑的皮鞋时，一个警察走过来把他赶走了，使我童年的第一张色彩画一直没有完成，以后我再也没有看过那个老摊贩。我每天孤独地站在未完成的画前面，因为无法涂抹最后的那一只鞋子而苦痛不堪。

我甚至为他哭了。他会到哪儿呢？他再不再卖油彩呢？我迷惑而哀伤地思念着那一位老人。童年那一段不快乐的经验在我日后的生活投下很长的阴影，很久都无法散去；也使我对摊贩怀有一种特别的情愫——这些社会里最基层的"游牧民族"在我的内心里投下很特殊的造型。

当我遇见一个摊贩，童年的造型便浮突出来，如今我写摊贩，只是要了却那最后一抹未完成的画的心愿吧！

自足地面对生活挑战

冷风呼吼的冬天，我到东部一个小渔港去。清晨，我独自走到临近海边不远的鱼市场，为的是观察渔民在晨曦起时如何进行他们的交易。

在鱼市场里，可爱的渔民们正兴高采烈地出售他们的鱼，渔民们自兼摊贩大声地吆喝着，特别让我觉得真实而感动；这时候，一个摊贩的形象吸引了我。

他把一笔笔一笼笼的鱼从三轮车上卸了下来，大声叫着："来喔！新鲜的、最好的鱼在这里！"我走过去，她转过身来，我看清了他嘴角留着两撇稀朗的猫须，有一些槟榔汁还残留在他的唇边。

他戴着一顶载满了风霜的鸭舌帽，穿一双黑色雨靴，他的衣服沾满了鱼的腥香，最让我吃惊的是他的表情，他始终带着微笑，非常自信自足地推销他一夜辛苦捕来的鱼。

渔民摊贩看到我拿了相机，他欣悦地微笑，然后抓起笼筐中的一条鱼对我说："你要拍照就要拍最好的鱼，我这里的就是最好的鱼。"后来，我陪他在一起卖鱼，由于他的自信，他的鱼很快地卖完了，卖完鱼他高兴地收拾笼筐，哼起农人的一首歌："透早就出门，天色渐渐光……"

渔民四十二岁了，他告诉我，他的信心是来自他的祖先，他在幼年时就陪伴父亲在鱼市场贩卖自己捕来的鱼，他说："我们四代卖鱼了，当然卖得最好。"他认为渔民的生活很辛苦，但是没有什么抱怨："我祖父、父亲都这样过来了。"

那个渔民自足地面对生活挑战的态度，给我很大的撞击，我站在该地，看他的三轮货车绝尘而去，鱼市场喧嚣的声音突然隐去，只剩下他的形象在脑中盘旋。

去伤解忧，根治百病

妇女百病

心脏无力

关节抽痛

气血两虚

脚风手风

寒热咳嗽

九种胃痛

跌打风伤

五劳七伤

神经衰弱

失眠夜梦

梦泄遗精

精力不足

记忆减退

一块白布条写满了这些用红色漆成的大字，一位神情健硕的老人正在白布条后推销他的"祖传秘方"。在南部一个小镇上，我很吃惊地站定，看他简单的药粉竟可以治愈那么多的"现代病"，尤其让我惊奇的是，老人斩钉截铁的神情。

他说："神经衰弱吃一包就见效，败肾失精吃两包就见效，各种胃肠病吃三包就见效。这款药粉不是普通的药粉，是数百种草药、数十年的经验所炼成的，吃一罐治标，吃两罐治本，长期服用，活百年。"

老人"去伤解忧，根治百病"的药方，竟然说动了旁观的民众，一个小时不到，老人卖了一万多元的祖传秘方，他药箱里的药几乎全卖光了。老人收拾好行李，我和他在凌晨的夜街上步行时，他告诉我，这种药确实有效，是他祖先几代赖以为生的药方，可以"有病治病，无病保身"，绝对错不了。

老人已经七十岁了，他还要将这个药方留给他的子孙，他说自己是个江湖人，每隔几天就要换一个码头，"只要带着一箱药粉，我就可以走遍天下了。"

穿着黑长褂、黑布鞋、红毛衣、白衬衫的老人，在街上的形象非常深刻，他像流浪在乡间的许多江湖人一样，生命在默默地流转。

基本上，我不相信有一种可以治百病的药粉，由于老人的流动性，到底灵不灵也没有人经验过，但我佩服老人的生命力，正如他的药粉一样，在西药已经风行的今日今地，他还能坚忍并且有力地在乡间每一个角落跳动。

不要忘记我们的"粿"

有一天我路过华西街，被一个路边三尺见方的小摊贩吸引住了，一位二十出头的年轻人和他的年轻妻子正在忙碌地包装一些"红龟粿、菜头粿、芋仔粿"卖给路过的人。

他们的忙碌很出乎我的意料，许多中年老人路过时买一个边走边吃；像粿这样传统的零食没想到流行了这么多年还受人欢迎。

我访问了那对年轻的，在他们的摊位上只点一盏五烛光小灯的夫妻。

他们在那里已经摆了四年的"粿摊"，收入相当不错，动机是："我们有一次在外祖母家里吃了粿，真好吃，就想到这样的东西数千年来还受到民众的欢迎，一定有它的道理在，何不摆个摊位试试看呢？请教了外祖母制作方法，便尝试性地摆摊，没想到一摆就几年下来了！"

那个粿摊是很受欢迎的，它有固定的老主顾，尤其年节庆典时更是供不应求，夫妻两个忙得不亦乐乎。

本来沉默站在一旁的太太说："中国人还是吃中国人的东西卡惯势。"

他们的生活没有什么烦忧，夫妻俩都认为卖粿的行业是"前景看好的"。我很喜欢这对劳动的小夫妻，他们白日在家中努力地做粿，夜里出来摆摊，生活在自足的小天地里，甚至他们的粿也在那里被摆出一点名声了。

我想到，借着许多小摊贩，中国传统的吃食和民间工业才得以保存，并在民间展现它的活力，如果没有这些勤劳的摊贩，很可能我们要失传了许多可贵的东西。

那些失传的东西像"粿"一样，在民间小摊贩间总会留下一些肯定的声音："红龟粿、菜头粿、芋仔粿……这里天天卖。"

捡回失落的鞋子

摊贩们固守自己天地的生活并不是很安定的，有一回我走过台北市的一条大马路，就看到一幕惊心的影像。

一排卖小吃的摊贩中有一位妇人，带着她大约三岁大的女儿在卖肉羹，许多人围着摊子吃着一碗七元的肉羹，妇人熟练地从大锅里舀出肉羹，放一点作料、一点青菜，然后端给站立着吃肉羹的人，她不断重复那一个单调的动作，最难得的是，脸上始终带着笑容。她的小女儿则乖巧地蹲在旁边玩耍。

"警察来了。"突然，在前头的第一个摊贩叫起来了，所有的摊贩便惊惶地奔窜着，妇人的累赘太多，她迅速地用右手抄起女儿抱在怀中，左手推着那一辆摊贩车向小巷中拐了进去，许多吃肉羹的人端着碗跟她的摊子一起跑。

很快地，妇人与她的摊子消失在街的尽头。

但是，她小女儿的拖鞋却因为匆忙奔跑，掉落在街心，空旷的街上两只小鞋子格外显得凄清，两个着整齐制服的警察走过，等警察走远了，那个妇女才蹑手蹑足地回来捡拾女儿的鞋。

她那余悸犹存的心惊样子，一时之间也让我手足无措，我觉得悲怆。

摊贩认为，他们除了面对生活的勇气之外，有时候自尊就像匆忙中丢落在大街上的鞋子，要随时一次一次地捡回来，然后穿上鞋子，然后面对新的挑战。

当然，警察是对的，摊贩为了求生活也没有错，到底是什么地方错了呢?

从最根深的地方站立起来

每一个人都应该知道如何调整自己,以便在扰攘的尘世中立足,摊贩也不例外,他们不是生来便注定做摊贩,因此他们必须不断地自我调整。

如果社会是一棵树,摊贩必然是土地下最末梢的根须,我们也许会忽略他们,但是在一棵大树的成长中,他们供应了相当大的动力。

他们的自足、自信和挺然站立,使我们整个社会可以从最根深处站立起来。

写到这里,我又想起来童年为涂抹完的摊贩开口笑的皮鞋,我还是留下了最后一笔,我希望能常常面对它。

微雨燕双飞

——午后过甲仙

轰轰一阵雷声，从远方的山头一路响过来，热烈而急切，路上的行人刚有预感，豆大的雨已经天网一抡，当头罩下。

雨来得那么急促，连太阳和蓝天都来不及躲闪，雨一边下着，而天是晴的，有时候就在大马路旁一列直劈成两边，左边雨籁交响，右边还是泻满阳光。

我去的那一天就是下着这样神秘的雨，路的右边铺满阳光，路的左边是雨落在阳光中闪出七彩。我便和甲仙的儿童在雨里奔来跑去，到左边淋了雨，再到右边晒太阳，我觉得很奇怪，问问路边的小孩，他说："雨是有界限的，这条路常常成为它的界限。"他指着远山说："喏，那边都是雨。"再指着谷底说："这边都是阳光。"

雨的界限我知道，可是我站在那一条线上却迷惑了。

对于这样的雨，我觉得不寻常，甲仙镇人却习以为常，他们称之为"日头雨"或"三八雨"。有时候，天也确实"三八"，它会蒙上眼睛来个电闪雷劈，忽然乌云密布，二十分钟后又是晴光丽日，霞光万道。甲仙人称之为"西北雨"，夏天的时候，一日一回，很少间歇。

天的神奇如是，人也一样，明明是一颗心，有时候左边下雨，右边却是日出，正如山雨谷晴，只有经历百折千转，走过无数风雨阳光，才能明明白白地看清自己的道路。

终于，雨过天晴，或许在山与谷之间架起了彩虹，一道圆弧把我们牵上去。但有时，彩虹也是残缺的，断了的一截，你想帮蓝天补缀，却不知从哪一头下针。

我看到虹断了，两头平，忍不住慨叹，有两个小孩在马路上对话：

"虹断了，多可惜。"

"下一次一定会出一条好的。"

"断了也有断的美。"我说。

一代一代生活着

我们看甲仙的美不能只看它的彩虹，更要知道雨在甲仙的重要，然后在骤雨的午后我们到甲仙镇去，才算是触到一点点它的原神了，因为雨前雨后，甲仙有了很大的不同，仿佛这个乡镇在炽热的暑天中洗了一个快乐的澡。

"甲仙"位于高雄县的山区，它本来只是一个少数人家聚居的村落，这些人依山为生，他们在山里种甘蔗、果树和树薯、芋头、番薯为生，还有一部分被开辟出来的梯田种了稻子，有少数的人在山谷中种了一些供观赏的草本植物。

甲仙和台湾其他深山一样，也聚居了一部分山胞，他们以狩猎为生活，少部分的年轻人到山下来帮人种作。甲仙的山地同胞是很好认的，并不是他们的肤色和长相，而是他们喜欢穿花色鲜艳的衣服。在淳朴平凡的甲仙镇，花花绿绿的衣服便成为山地同胞的标识。

他们并不是受现代文明的影响，而是他们的传承，他们从祖先一直花花绿绿到现在，在山里像彩旗一样飘扬着。

由于土质和气候的关系，甲仙生产大量的木瓜和芋头，甲仙的木瓜风味非常独特，它的果实坚实，水分较少，有一种特别的甜味——就像生活中经过加工提炼的快乐一般——吸引了很多远来的游客，也使"甲仙芋"和"甲仙木瓜"成为观光以外最独特的特产。人们用最简单的方式生产木瓜干和芋头饼，它们的永久保存性，带来了当地家庭工业的兴盛。

我们进了甲仙，街道两边堆满了木瓜和芋头的商店也就成了一种特殊的景观。

甲仙人与世无争，和天地同心地过他们的岁月，他们一代一代地生活着。我登上高山，往下俯望甲仙镇，除了大街以外，屋舍零零散散，随意地散在山与谷的每个角落。人们悠闲地工作着——百年来，甲仙就是这样子，雨声之外，有生活的美。

形成一个新天地

大前年，南部横贯公路通车，公路局的大车子烟尘滚滚地跑到甲仙来，带来大批大批的观光客，也带来一些新的改变。在短短的日子里，甲仙魔法也似的繁荣起来，它开始有了商业城镇的气息，车如水马如龙，成为南部横贯公路上一个重要的观光站。

可惜全世界的观光客是同一个面貌，他们不懂得用心灵来看甲仙，他们的观光是用眼睛来随便看看，用口来吃特产。

我到甲仙那一天，便看见一个观光团，有许多庸俗的男女在街上昂首阔步，有的手里还提着录音机，播放着无法忍受的低俗的流行曲，我很不明白，他们带着录音机来山上观光，是抱着什么样的心理！

我站在一个卖芋头的店前面，一个浓妆艳抹的少女跑过来问我："头家，这些芋头一斤多少钱？"

"一斤一百元。"我说。

"哇！那么贵，比我们台北还贵。"

"台北人有钱，我们卖得比较贵。"

少女茫然地看着我，我唤出老板说："有台北的都市人要买你的芋头呢！"

少女羞红了脸，我也禁不住哑然失笑。

但是最让观光客们流连的是甲仙的山产，他们——那些自称美食者的人，络绎不绝地奔波于途。斑鸠、山鸡、松鼠、兔子、山猪、羌、鹿、穿山甲、果子狸、猴子，甚至台湾黑熊的肉，在这里都以很便宜的价格出售。光是以山产为号召的饭店就有十几家，用土味来烘或蒸或煮或炒炸这些大地自然生养的动物，满足从远地来的老饕。

一桌丰盛的山产酒席，消费在五千元左右，那些来狼吞虎咽的观光客也许只要一个小时就吃掉甲仙镇十年动物的生养了。曾经有一位吃客嘴角流涎地告诉我，他几年前曾在甲仙吃过熊掌。

"熊掌，知道吗？中国的名菜。"

"我知，我知，吃起来像橡皮一样？"

"没有没有，像海参一样，比海参有味道。"我想到的不是那个美味，而是快要绝迹的台湾黑熊，全台湾到底有几副黑熊掌呢？怪不得他要那么兴奋了。但是不要兴奋，现在甲仙也吃不到熊掌了。

野生动物的肉使甲仙渐渐富裕起来，甲仙的富裕也使野生动物逐渐绝迹——这是一个痛苦而辛酸的代价。

我欣见甲仙开拓了一片新天地，但是我也无法用吃熊掌的喜悦来肯定它的意义。

一群燕子被雨惊飞

我们在雨刚过的午后，走在饭店锅铲声和阵阵飘来肉香的街上，为这小乡城巨幅的改变而吃惊。但是，我们如果走进街边小巷，许多土块砌成的矮房，到处散着步的火鸡，嬉戏游耍的儿童，仍能让我们体会到它稚拙的地方——我们上了山远远俯望，这种参差罗列的屋宇更是叫我们惊异，在河与吊桥、山与芦苇的围绕下，它自成一个独立格局，稳稳地坐落着，而前后两条公路正是它心脏的血管。

可是，快速的改变，也使甲仙的乡村风格显得混乱，在偌大的自然中，它竟像在努力地挣扎和冲突；在企图找它过去的脉络与将来的路途时，竟叫我们迷惘了。

对于甲仙，我们要如何使它有一个正确的走向呢？不是观光客的录音机，也不是熊掌的代价，而是用它本然的美。

我从甲仙山外的吊桥步行回来，淋了一身湿，雨后的天特别湛蓝，几只雨燕飞着，飞着，飞累了，他们便顿足敛翅站在电线上休息，每只褐色的雨燕都仔细整理自己的羽毛，以准备着下一次的飞翔。

人声笑语哗然，一群燕子被惊飞，在天空里毫无目的地旋飞。我不知道为什么突然强烈地想起甲仙的道路——它的质朴和观光侵蚀正如两只高山上的褐雨燕，一起栖息在电线上，一旦风雨来的时候，它们便被惊飞，再回到电线上，要再向空中飞翔，总要好好清理羽毛。

掘起四草的盖头来

　　冬日，我独自到台南四草地区的海岸去。由于朔风野大，渔民都考虑着是不是要出海，许多渔民坐在矮小的屋棚前晒太阳，养蚵的人则撑出他们小小的塑料筏到海边采蚵了。

　　那是午后时分，大海闪着金黄色的波光，明亮的阳光穿过海风照在海面上，映现出长长短短插蚵的杆子，格外有一种奇趣。

　　男人们用手在海中捞起一串串的蚵，摆在塑料筏后面的篮子里载运回岸，女人们则蹲在岸边用短利的小刀剖开蚵壳，将新鲜透明的蚵放在小篮中，准备运往市集出售。

　　男人撑筏捞蚵和妇女忙碌剥蚵，都是一种非常美的姿势，我坐在海边被那一幕幕美的景象吸引得出神了。我想到，住在海边的人永远不可能放弃他们的大海，在许多角落里，我遇见过许多捕鱼的、养蚵的、养蛤的，还有晒盐的、做鱼塭的人民，深深感受到大海给他们的力量，那个变幻莫测的海洋，几乎是世世代代，生生不息，他们徜徉和生之所寄的场景。

在四草，我住了好多天，我爱四草，不仅因为这里的人民勤劳向上，也不是这里的天特别蓝、海格外亮，而是它几百年来维系着一脉精神——是与自然环境挣扎到和谐的精神——他们在这股精神里才不至于失去作为人的本色。

正在我出神的当儿，一位年老的渔民过来搭我的肩膀，他的左手端着一碟酱油，上面有细白的姜丝和绿油油的芥末，说："少年仔，来一起吃青蚵啦！"

我便和蚵民们围着刚刚剖开的新鲜透明的好似还喘着气的生蚵吃将起来。一边吃生蚵，一边喝米酒实在是一种美好的经验。我从来不知道生蚵有那样的美味，它有一种特别的甘甜，尤其是在蚵民们刚剖开蚵的海边，那股甘甜是从辛劳的生活里来的。

老渔民的儿子多喝了两杯，热切地邀我划酒拳，他说："你不要看我们住在这个落后的海边，这种吃生蚵配米酒的享受是都市人想不到的。"然后一直叫我吃生蚵："少年人多吃一点生蚵不错，补肾呢！都市人一天到晚吃补肾丸，败肾的人一大堆，我们这一带就没有一个败肾的人。"

中年的渔民拍拍他爸爸的肩说："你看我阿爸，七十多了，还勇健得像少年郎哩！"

老渔民为儿子的这句话乐得眼睛笑成了一条缝："时间到了，你不载蚵仔去市里，赶不上市了！"

我们又干了几杯，中年渔民才把蚵仔放在摩托车后座，噗噗噗地往海边小路开去，我看着堆满岸边的蚵仔壳，也许再辛苦的生活都自有它的乐趣吧！

问到蚵仔价钱，老渔民笑呵呵："一斤四十元，好的时候五六十元，爱吃蚵的人多，饲不够卖哦。"

我在渔民的盛情下，天天在四草喝米酒、吃生蚵，白日看着成群的白鹭鸶在岸边栖息、飞翔，遥望对岸的安平古堡静静伫立海边；夜晚则在海边散步，看银色的月光遍洒，或是在陋屋的小灯下教渔民的小孩子读书认字。我感受到表面淳朴的渔民都有一颗炽热的心，在美丽的海岸散放光泽，也使我离开四草以后，时常想起那一群可爱的朋友。

走到海天一色的地方

到四草去是一个偶然的机缘，有一次和"台南市长"苏南成喝酒聊天，他谈到对四草的计划，指着他桌上的地图说："将来的四草地区要辟建成民俗村，预算三十亿元，希望把四草地区治理成台湾最具规模的民俗村！"

后来我就带着苏南成"市长"对四草的许诺到四草地区去，私心里也很希望能看看这个已被选定为"民俗村"的地区是什么样的面貌，更希望在它还没有改变之前去看看它的原貌。

从台南市中心到四草，只要半小时的车程，到安顺时往安平的另一条岔路走，就是去四草的路。一出了台南市，整个空气好像突然间明净了，两旁飘进来的都是野草的香味，本来看到的都是稻田，木麻黄夹道，在绿色的大地上，远方是一片泼墨般的天色，被蔚蓝渲染得一尘不染。

愈走愈远，愈走愈深，就走到海与天连成一色的地方了。

沿路上，景色变化多端，一下子左边是塭场，回头看看右边，再转过头的时候，发现它却是盐田，白色的盐在闪亮着。以为两边不是塭场就是盐田了，还不是，远远的地方，有一对小儿女还趴在木架上踩水车，近处几个小孩子拿着小网在捞海边的游鱼。

四草的景观是叫我吃惊的，它显得壮阔明朗，往四野一望都在不尽的远处，人烟很少，要隔很长的距离才看到一个人，可是不管往哪边看，都有人在海边围成的方块中工作。

除了风声，听不到任何声音，但是随便往路边一站，青蛙跳水的声音，小鱼游水的声音，鹭鸶踩水的声音几乎都清晰可闻。

那是一个颜色、声音都很简单的地方，在简单里有各种微妙的节奏在响动。

我在四草那一条新筑成的平坦柏油马路漫步，用眼睛看，用耳朵听，我相信，任何有一颗干净心灵的人到四草来，都会马上爱上这个地方，因为四草用静默来洗涤我们，让我们的心像那洁净的盐田，永远在阳光下发亮，一旦风雨来了，把我们溶尽，而在另一个阳光的天气里洁白起来。

一个沧桑的近代史伤口

在四草的海边，我很快地认识一位渔民，他一面养蚵，一面捕鱼，世代在海边居住，当我说明我想在四草住几天的来意，他一口答应了下来，唯一的条件是："我的两个儿子现在放寒假，一天到晚不知道野到哪里去，寒假作业都不写，你教教他们写作业吧！"

渔民的儿子一个读四年级，一个读二年级，都是冬天里只穿一件单衫的健壮身材，或许是海风吹久了，皮肤都是黑得发亮。我们在当夜讨论鸡兔同笼时算鸡和兔的脚算得头昏脑涨，我说："管他兔子有几只脚，我们到海边去玩吧！"就这样我们第一天就混得很熟了，大儿子陈水来指着海边告诉我，他们常在那里捉鱼，常在那里游泳，有时在寒暑假也随父亲撑着小筏去采蚵，小脸蛋闪着兴奋的光彩。

生活在大自然里的儿童是多么幸福，他们在游玩戏耍里学到了许多课本上学不到的东西，譬如一个最简单的事实：也许许多都市里的大人都还不知道蚵是从壳子中挖出来的哩！他们学到的最重要的事是"生活"，从很小的时候，他们就能了解生活是一种实实在在的工作，绝没有侥幸可言。

第二天，兄弟俩带我到四草"国小"去，那是迷你的"国小"，只有两排双层洋房的教室，一个大的操场，最特别的是操场前面就是有名的"四草炮台"。

炮台在时间的侵蚀中，已经遗失了原来的十三尊大炮，只剩下十三个空的炮墩，让"国小"的孩子们在其中戏耍。唯一可以辨认这个建于清朝道光年间古迹的，是一块建造于一九五六年的石碑，上面用楷书写了"镇海城"三个大字。

炮墩的上方不知何年何日出了高大的榕树，绿色的榕树几乎遮蔽了炮台的全部，只能在空隙中看到蓝色的天空。榕树根絮结在炮墩的石头上，好似一条褐色的盘龙。

炮墩成为四草"国小"的天然围墙，外面是一大片长满了蔓草的野地，再往前是大海，再往远处看则是亿载金城和安平古堡，正好夹持着海口。

从四草炮台，我们几乎可以感知清朝末年的百年中国近代史，它是一页沧桑的伤口，里面写满了中国人力图自强自救的辛酸心声。炮台虽小，用胸口贴着它，却能感受到一脉强大的脉搏在跳动。

我问陈水来、陈水生兄弟知不知道炮台的故事，他们齐声说："知道，是用来打阿凸仔的。"这时，正好有几位小孩子在炮台下面玩"官兵捉强盗"，"乒乒乒乒"的呼叫声。我想，生活在这一代的中国人是多么幸运呀！战争遥远，而枪声却在邻近。

后来，我们在"国小"的操场上玩排球玩了一个下午，有时候球被打到炮台上只跳两跳就静止了——这一个以"四草炮台"命名的小村落，几百年来也是一样，在时间之流中，仿佛一切都静止了。

人是这么渺小无告

接连几天，我有时候和孩子到盐田上踩水车，把海水一升一升地打到盐田，做盐的工作就留给阳光了。有时候我和他们划着小筏到蚵田中捞蚵，蚵是用一根根的竹竿种在海边的，把空的蚵壳系在竹竿上，活生生的蚵就会一颗颗晶莹地长出来。生命原是如此奇妙，它永远在我们看不见的地方生发。

我也与陈水来、陈水生兄弟的父亲去捕乌鱼，乌鱼是老天在冬季的凉寒中送给渔民的礼物，它随着冬季的暖流从海底流过来，渔民用一条十六马力的小船和一张网，运气好的时候，一天可以有几万元的收入。

乌鱼的贵并不在鱼，而在乌鱼子，即使在渔村中也是相当不容易吃到的，因为渔民舍不得吃如此昂贵的东西，全部卖给全然不知海上风浪大的都市人了。近几年来，不仅母乌鱼昂贵，连公乌鱼都身价百倍，因为有许多迷信补肾的人爱上了乌鱼鳔，它洁白柔软得如嫩豆腐一般，渔民用大葱、酱油随便一炒，就是一道令人齿缝留香的美味。

在湛蓝的天空和大海上，渔民捕鱼的身姿恒常是美丽的，一条条活蹦的乌鱼被捉上来，渔民们就绽开了笑脸。有个渔民告诉我："说起来好玩，冬天运气好的时候，捕一天的乌鱼胜过平时种一个月的蚵仔！"

乌鱼市场更是热闹非凡，来自各地的商人在那里叫价，议价之后马上开膛破肚取出乌鱼子和乌鱼鳔。鱼鳔求新鲜，马上用货车运往市区；鱼子则要干制，妇女们都有一双好手艺，熟练地取出鱼子而使卵膜不致破裂，光是剖乌鱼子一天也有几百元的收入。

当然，到任何一个地方去，要能体会它，最简单的方法是去探知当地的庙宇。我去参观四草的庙宇，那个保佑渔民出海平安的庙宇虽小，由于它整理得干净，又面对大海，显得有一种豪壮的风味：因为它有两百多年的历史，又有不凡的古风。

庙中收藏着许多几百年历史的古墓碑，庙后榕荫覆盖下是一个大古墓。据庙祝告诉我，那里面长眠着许多随郑成功来台的部将，也就是我们台湾人的祖先，还有一个是荷兰人留下来的墓，一东一西，风格不同，十分有趣。

我看到墓旁堆了许多清朝的古瓮，我问庙祝："这是谁的？"

他说："没有人的。"

我说："送给我一个吧！"

他笑笑说："那是用来装死人骨灰的，有灵魂在，带回家恐怕不吉。"

我为之哑然失笑，人死后真有灵魂，这灵魂竟长据着一口古瓮，人的渺小无告在其中就让我体会深刻了。

在四草的时候，正好有野台戏在那里演出，由于正是渔民忙着捕鱼的时候，戏台前竟空无一人，只有两三个小孩在台柱下戏耍，演戏的人并不因而懈怠，声嘶力竭地演出着，他们正是演给安坐在庙中的神明观赏的——人的渺小辛苦在此又得一例证。

盖头下只有一个选择

四草的日子是我生命中一段可贵的经验，我看到了渔民的辛劳与欢乐，大致说起来，他们的生活还是很简单而没有什么保障的。

要如何改善渔民的生活呢？连意气昂扬的老渔民都想不出一个好方法，被我问得急了，老渔民说："一代一代过下去吧！"

然后他拄着拐杖站挺了，叫我为他拍一张相片，拍完我在海边坐了一个下午，那种感觉正像我们看到一位窈窕的乡村少女，要掀起她的盖头时我们会犹豫，因为我们都面临了一个选择：美或丑，可爱或庸俗，高兴或失望。有时候，那种选择只在一念之间，说也说不清楚。

仰望祖先的天空

——永远的土地

透早就出门，天色渐渐光。

受苦无人问，行到田中央。

行到田中央，为着顾三餐。

顾三餐，不惊田水冷霜霜。

这是一首流行的很普通的民谣，它的旋律简单，内容也是单纯地为了生活。但是如果我们从比较深沉的角度来沉思，可以从此发现土地和人民根深的情感关联，人在土地上辛苦地犁播不能说只为了填饱三餐，其中有更深的生命理由。

所以我们要了解土地，最必须的是观察土地和人的关系，这样我们才能知道土地的美与动人不是土地本身，而是人在其中流血流汗地慢慢灌溉——有什么感觉能比隔宿的田水淹没农夫足踝的冰冷，更能给我们证明生命的强韧，除了未被水泥和柏油污染的土地，什么地方我们才能一步走出一个脚印？

土地不只是地理的，它也是历史的。

我们走在自己的土地上，最感动我们的永远不是土地上的景观，而是隐藏在土地内部源源无穷的生命力，它在时间的流变中永远不变地生养我们，成就我们。

我们走过田路，最能贴近我们心头的是，农夫弯腰插秧的美丽姿影，或者农夫收成时脸上甘甜的笑容，甚至灾害过后农夫愁苦的样貌，这时我们感知土地的力量——这美丽、甘甜与愁苦都是因为土地，如果没有了土地，失去了立足点，人的生活就不会多样而有风貌。

我们的立足点是土地，是祖先留传下来的土地，我们的信心也就建立在祖先留下的土地上的：它总是在艰苦的耕耘后有喜悦的收成。

曾经争战着风沙

在我们的土地上，无论站在任何地方，抬头四顾，会发现只有我们曾经一步步长大的土地最美的，它的美来自它的质朴与单纯，可是如果我们再往里追探，土地为了维护它的质朴与单纯，曾经付出相当大的代价。

我们的土地曾经争战着风沙，它每年要忍受夏季狂暴的台风，冬季来自东北的诡谲寒流，以及随时随地从地层深处冒出来的地震。在过去的数百年中，祖先留下的这块土地，曾经被荷兰、西班牙、日本等"红毛""白毛"践踏过，曾经被占据再收回，被割据而后光复。面对内忧外患，土地只是安静沉默地度过，在另一个更明亮的日子再度勃发它的生命力；土地的生命力是无穷的。

我们很容易被活的事物感动，因为它们的迅捷轻巧在一刹那就能让我们感知到生命的力量。我们会感动于天上掠过的飞鸟、林间跳跃的松鼠、田路上荷锄的农夫，但是这些仅仅是土地的一小部分。它们在风雨来时要找寻遮蔽，它们要依靠土地维持生活，它们的生命有时而穷，土地，却是无穷的生命之源。

对于土地有一个真理：凡壮阔的便能够干净，凡干净的便能够开阔，凡开阔的便没有哀伤。

因为土地的无穷，它便和历史有了不可或离的关系，土地所拥有的山脉、河流、村庄也就在历史的演变中扮演了重要的角色。

追溯到台湾土地的垦发，依据考古学家掘出来的稻粒推算，是在两千七百年以前，至于更早期的原始住民美拉尼西亚、波利尼西安和小黑人等，都已经灭绝而没有留下任何行迹，所以台湾早期的开发者，是现存于台湾高山族的祖先，可惜他们一向过着简单的游猎生活，土地并没有被充分利用。

谈到台湾土地被充分地利用，土地有更鲜锐的活气，要一直到明郑时代。

在台湾的汉人足迹历史上可以求证到的，至少在宋朝末期。那时在中国中原地区辽夏相继来犯，继而是金人的入侵，南宋偏安江左，闽浙的人口因此大量增加，沿海的岛屿都成为新兴的开拓地。逐渐增加的人口南迁台湾，福建的泉州也在人口的流动中成为当时的贸易大港，向往宝岛之名而来的人民络绎不绝，打开了汉民族移居台湾的先声。

到元朝的正十八年（一三五八年），澎湖置"巡检司"，隶属于泉州同安，是我国在台湾建置开始，也陆续有汉人到澎湖和台湾定居。

台湾开发的大规模行动一直要到明朝初年才开始，最先是由私人经营，小有规模后才由政府正式拓展。史料上记载，十七世纪荷兰人据台的末期，台湾本岛有汉人两三万户，人口约计十万左右，大多是来自广东和福建两省，由此可以看到郑成功来台之前的规模。

但是在这一段漫长的开拓史中，土地的开垦都是局部而小规模的，而且受到大陆余绪的影响，土地难以发展出自己的风格——可是大陆与岛屿的地力与利用是不同的，因此台湾这时期的土地犹未显示出它的功能；直到公元一八六一年，郑成功以四百艨艟，载两万五千兵卒攻略荷兰，台湾重入中国版图后，与大陆保持微妙的关系，才在郑成功的雄才大略中，发展出土地的自我格局。

永远的土地与河流

明郑后的土地风格是什么呢？

在郑成功以前，土地与河流的关系十分密切。首先是渔

人永生的凤凰

民在河流的出口处从事渔业，自然在河海交界处形成海港。现在的台北的万华（艋舺）、台南的安平港、嘉义的北港（笨港）、彰化鹿港等，都是早期移居的汉人的集中地。然后才从海港沿河流向内地开垦，慢慢由渔业发展出农业，再由农业人口的支撑，形成了通商的港口。

郑成功率军到台湾，实施军屯政策，才打破了依河开垦土地的格局，有秩序地向更广大的地区开垦。

所谓"军屯政策"，就是一边屯兵一边开垦。郑成功时期开垦的屯田多达四十余个地方，大部分集中在南部地区，称为"营盘田"，现在台湾南部地区像柳营、新营、后营庄等地名都是那个时期的遗名，从这里也可以感受到历史在土地上的烙痕。

但是在明郑之前，荷兰人和西班牙人已经在淡水河沿岸积极地开垦，成为南北两地对峙的局面——台湾的开发到那时才初具规模。

在明郑时代，使台湾的土地耕耘出比较清楚的面貌有下列地区：

台南、嘉义一带平原

凤山北方平原

斗六至林圮埔的水沙连地区

彰化半线地区

新竹大甲溪一带

台北淡水河沿岸

基隆河沿岸、基隆海口地区

恒春地区

我曾在这些旧时开发过的土地上驻足。历史的脚印走过，两相交叠，三百年来的形貌虽一再改变，我们还能找到早期的先民在土地上的努力耕耘。顺着这耕耘的脉络，我们伏下耳来，仿佛可以听闻祖先锄头耕在地上的咳声。

最美的是土地和河流的景观，我们只要留心就会有一种经验，穿过稻田的河流是清澈的，然而在稻田的映照中，河流也是一片绿色，河流的动与土地的静仿佛是一种快慢相同的节奏，这种节奏是最有力的节奏，也是永恒的节奏。

森林的多种风貌

谈到河流，我们沿着溪石往河的根源处走去，愈走愈深，平原的壮阔与干净慢慢地褪去，浓密的森林就逆着河站在我们的眼前来。

在台湾的地理环境，山脉与森林占着极重要的地位，基本上，山脉与森林是相结合的，没有森林就没有沃土和河流，没有沃土与河流即没有农业，也就没有今日的台湾了。

但是台湾过去的开发只限于平原地区，山地的森林成为山地族群的居住地，他们以天为幕、大地为床，顶多只有简单的居所，又在早期山地人与汉人间的冲突时起，汉人极少入山开垦，致使森林都维持原貌。一直到日据时代，日本政府才大量地在台湾开采木材，森林才得以初步开发。

森林和山脉带给我们无限希望，它在生态环境里扮演平衡的重要角色。由于台湾平原的腹地小，如果能有效地利用山脉来开发森林，必然能使人民的生活范围至少增加两倍以上，这种森林地的开发并不会影响到人民的生活水平。如今因为水电的便利，山地人的生活与平地轩轾，在情趣上则更别有一番滋味。在平衡生态环境的适当范围有效地开发森林与山地，是今后土地开发的可行之道——它与海埔新生地是一体的两面，对于海岛环境的土地利用与扩展有其不可忽视的意义。

我们的土地虽然处在亚热带和热带之间，平原地区四季如春，便不如山地来得四季分明，依着高度的不同而有季候的明显划分，有热带林，也有寒带林。因此我们的森林格外可爱多姿，不但提供了保持水土、提供水源等实用目的，还有极富美感的观赏价值。

在中部，我们沿着埔里、雾社、庐山，一直往上到合欢山，便可以一路从热带走到寒带去，只要一天的时间，就有几种不同风云的经验。森林的变化，山脉棱线的变化，云与雪的变化都是美得让人屏息。

台湾森林景观的美与变化，用专业的术语说是"林相丰富"。

根据林业专家的调查，台湾野林（尚未开发的森林）面积达到二百二十七万公顷，光是林木分布因山坡高低不同，而有八百种之多，林木包括热带阔叶林一亿三千六百万立方公尺，寒带针叶林约一亿两千七百万立方公尺，高度在五百公尺以上的山地与丘陵地，占全省总面积的百分之六十四。

对于只模糊知道森林的我们，这些数字是天文般的庞大，但是天文也不是不可解的，不是永远能保留一定面积的。这些年来，由于经济高速的发展，林木的需求大增，在林木的环境保育认识不清下，森林遭到无知的垦发，不但森林愈退愈小，资源的利用也亮起了警灯。当人们剥除了森林一层层的绿色外衣，暴露出光秃秃的地表，当雨水将大量泥沙冲刷到下游，不但损坏了灌溉和排水系统，也使粮食生产和鱼类的生存受到了威胁。

清康熙三十六年（一六九七年）郁永河曾描述：

> 自斗六门以上至淡水，均荒芜之区，森林遮天，
> 荆棘丈余，为汉人足迹所不能到。

可见在二百八十年前台湾还是原始森林之地。在日据时代虽然开发得最多，林相的破坏也最厉害，凡人迹所能到的山地，无一不被损坏，土地是增加了，人的生活范围也扩大了，从短期来看有很多益处；可是水土流失了，动物绝种了，土地污染了，从长远处着眼，对于整个生活环境是有害的。以梨山下面的德基水库为例，由于原来的林木受到滥垦，改植冬季落叶的苹果，失去维持水土的功能，在夏季大雨时期泥沙在水库积存，水库为之淤浅，不仅损坏水管、闸门，也妨碍了轮机的运转，冬季则水土为之干涸。

据专家的估计，一九七一年调查时，德基水库至少还能维持一百二十年的寿命，但到一九七六年调查时，只剩下六十年的寿命，由于我们的无知戕伤了水库一甲子的寿命，想起来叫人浩叹；一旦德基水库寿命终止，我们必然会花上比维持林木多出数倍的经费与人力才能享受原来发电和灌溉的便利，对我们的现实生活影响是十分巨大的。

从土质的眼光看，台湾的土地大部分的构成是容易被风化和侵蚀、冲刷的黏板岩与叶岩，幸而上苍赐给这些脆弱的土地一件长青的绿色大衣，在"林冠"的保护下阻挡了雨水的冲击，杂草、枯叶又吸收了大量雨水，剩余的才往平原地流去。

为了保护我们的生活，以及我们环境的生态，我们应把森林当成生命的有机体，我们不能既砍掉生物的手足，又希望它能发挥正常的功能。我们也不能只见秋毫，不见舆薪，当我们用秋毫之末取暖时，是不是想过舆薪更能带给我们热量呢？

森林是无言的，但是因为它的无言，更显出深沉的个性。群山默默，在阳光轻轻穿透森林的帽子，洒在这片沃土的大地上，我们便深深地感受到这真是个美丽的岛，设若失去了森林，所有的美都是假的，是空虚的。

森林，是台湾美丽的景观，也是台湾生机的命脉。

动物之源

为什么说森林是台湾生机的命脉呢？

森林并不光指林木，也不光与土地有不可或离的关系，森林是指林木、下层植物、林地与野生动物所构成的有机生命体。我们要了解森林的生命之源，也应该探索到动植物的世界。

在植物的世界里，依据植物学家的统计，台湾植物的种类占全地球植物的十二分之一，这种复杂的植物类别显示了台湾土地生命力的旺盛。依据地质学家的研究，台湾与大陆的分割可以追溯到地史上新生代的第四纪（即约一百九十万年前至八十万年前这段时间，称为"更新世"），这段时间的前半段，大陆与台湾的土地是连在一起的。因此，追寻到台湾的史前文化和台湾的动植物，可以说和大陆江南沿海有共通的地方。

台湾海峡目前海水最深的地方只有六十多公尺深，一百公尺以上的深线，只在基隆北方海中和澎湖的水道部分。因此，如果海面降低一百公尺，使海水向南和向北退出，则台湾陆地、台湾海峡和大陆便成为连成一线的干陆，在地质学上这种脐带相连，必须依据很多证据，但是我们只要做合理的推测便可以得知。

过去，台湾澎湖既然和大陆相连，显示在地质学、地史学、地形学和生物学上是一体的；也就是说，台湾的一虫一兽、一树一草都是从大陆传来的，且有"中国特有的动物群和植物群"。一般说来，比较早期从大陆来的动植物生活在较高的山区，比较晚期传来的则生活在较低的地方——这种生物的分布和地壳运动有很大的关联。所以在台湾的高山区有熊、豹、山猫、老鹰、梅花鹿等动物，也有桧、杉、槐等植物，都可以成为台湾的生物之源与地质学找到佐证。

我年幼的时候生长在山区，家里所拥有四百公顷林地，高度大约在一千到两千公尺之间，屋前是壮美的梧桐林，屋后是亭亭矗立的桃花心木林，是已经经过开垦的。再往山内走去，有许多各种不同的未经开发的林木，连在山林中生活了五十年的父亲都无法认识完全这些林木。森林中更是飞禽走兽千奇百怪，几乎每天在山中工作都可以发现从未见过的动物和植物。这种种惊叹，可以让我们看到台湾土地丰润的滋养。在一千公尺左右的山中都有这么丰富的生物之源，更高的山上就可想而知了。

我们以海拔将近三千公尺，众人所熟知的阿里山为例，能由小见大，看到台湾植物的景况；由于阿里山大部分林地已有计划地开发，只剩下少数的原始林，或者我们也能从其中窥见植物与人生活的密切关系，向横张开，固能见到植物与人关联的生活面，往纵线看，阿里山的高度适中也能体会到森林的纵的面貌。

森林的金矿

从嘉义坐具有历史的小火车往阿里山，千回百转地沿山而上，是一种相当特殊的经验，穿过它的每一个山洞，几乎都是一段不同的林相，愈往上愈深冷，一直到阿里山车站再转搭林务局的小火车向深处，就可以看到南洋松和白桦林整齐而撼人的景观。

我每回上阿里山，火车以很慢的速度前进，眼见高大雄伟的红槐、冷杉、扁柏，还有许多不知名的林木自眼前冲来，那是很奇妙的感觉。火车的慢和树的高大好像是电影里的慢动作，移动虽慢却比强速的动作具有更大的震撼力。一棵棵高可遮天的神木矗立耸然，几千年来森林就是这样与世无争地站在天地之间。

穿过隧道的感觉呢？一首深埋在山里的民谣便涌动出来：

火车行到咿都啊末咿都去

哎哟

磅空内（隧道里）

磅空的水咿都丢丢丢铜仔咿都

啊末咿都丢啊咿都

滴落来

民谣说的只是一种行进隧道的火车单纯的感觉,我们不能确切地说它代表什么意义,却能感受到一种飞扬奔放的生命力——这生命力从人心出来成为民谣,从土地出来就是森林,正如我们无法说出台湾森林确然的面貌而能感知到森林的力量与骄傲。

我常想,稻子如果是土地平静时所滋生的,森林,就是土地在狂欢时的孕育了。

阿里山土地的狂欢孕育出一百多种的林木,它的开发应该追溯到乾隆初期地方英雄吴凤的身上,吴凤那时候任阿里山通事,他改变了曹族山胞"猎人头祭神"的习俗,使得汉人敢于到阿里山下买卖皮革和药材,也使得清廷在同治时代设理的台湾垦务总局伐木局,注意到阿里山木材蕴藏的丰富,可惜尚未开采,伐木局即被废止了。一直到一九○三年,才在日本人手中订出了阿里山森林采伐的计划。经过几度搁浅,终于在一九一二年正式通行火车大量开采,因为获利丰盈,被日本林业人员称为"森林的金矿",足以反映出森林的价值。

行尽多少崎岖路

妹同阿哥去爬山，
手把手儿肩并肩；
行尽多少崎岖路，
不到山巅不回转。

这是流行在新竹关西一带的歌谣，反映出生命与山之间的关联，用到阿里山的开采来，确实也是一番崎岖的道路。阿里山森林包括十八座高山，总面积达三万二千公顷，日本政府虽然曾费了一番苦心要把火车行到两千公尺以上，但是建造这条铁路的人工却是我们的祖先，他们流下血汗搬枕换木才使得铁路通向山巅。我的父亲十七岁的时候，就有一年多的时间被征调到阿里山做苦工，才奠定下了他后来回到南部乡下自己经营林地的决心。

阿里山森林的分布包括了热、暖、温及少数寒带林木，火车行过的平原地大多是果林与椿树，上到"独立山"，楠树、栓树、樟树、楮树等暖带林一一展现，到了"平遮那"，一路上都是松树、铁松、扁柏、亚松、红桧等温带林，景观的变化十分丰富，也使得阿里山不仅有林业价值，现在更是观光的不可不经之地。

现在，阿里山的林木大约有一百五十万棵以上，约六百余万立方公尺，在轮伐的政策下，可望保持下去。

我们站在阿里山顶上，看云起，看日出，看大鹰飞入林深之处都是一种感动，感动于大地之美与大地的不可尽，但是更深的震撼来自于我们俯望那连绵的起伏雄叠的山之巨灵——森林。我相信在无声之中，林中有一股血正从大地的深处缘木激流而上。

事实上，大地的血不只供应在阿里山的森林，也供应到占台湾面积五分之三，三千余座山脉里的每一株林木。每一株林木生长到可供利用约要经过八年，从这个角度看，那该是一条多么崎岖的道路啊！

我们飞升起来，从空中看我们美丽的岛屿，它如同有机的生命体，里面都有血管流经，森林乃如毛发一般，吸取体内的养料，又保护着这有机的生命体，并使之更美丽。

阿里山的森林及植物能使我们看到台湾林木的端倪，倘若我们再往高处看，阿里山山脉仅是名列第四的小山了，在三千公尺以上的山峰有纵贯全岛的中央山脉，还有拥有四千公尺高峰的玉山山脉，以及从台北延伸到台中的雪山山脉，都是可资开发的林地。

林业经营以阿里山林场和兰阳溪上游的太平山、大元山林场，以及大甲溪流域的八仙山、大雪山为重点，同样地也利用登山铁路和铁索道开采运木下山是，使嘉义、罗东、东势成为最重要的木材集散地。

由于山脉之多，也形成河流的短捷，然而在台湾的高山上，因为有河流更是林木苍郁，我们乘车去走苏花公路，在东部陡直的海岸线上行走，一边是直落到海的太平洋，另一边则是看不到顶逼往青天的高山，这种景致很宜于联想到我们森林的高深。就在那些高山中我们还可以看到依生在林木之下的草木，还有苹果、水蜜桃、梨、龙眼、柑橘、荔枝、葡萄、莲雾、芒果、木瓜等果树四季不断，种类之多几乎无法尽数。

辛苦的耕耘喜悦的收成

我们从高而陡峭的山上下来，很快便到了千里无尽的平原地了，白天里我们几乎到处可以看到辛苦耕耘种作的农夫，这时我们知道我们的生命之源不能光靠森林，森林虽然供给我们住屋、家具以及所穿的衣服、食用的药草等等，到底不如农田能使我们顾到三餐。

在台湾南部流行着一首《恒春农耕歌》的民谣，歌词是：

> 一年过了又一年，
> 冬天过了又春天。
> 田里稻子青见见，
> 今年一定是丰年。
> 水牛赤牛满山圆，
> 看牛囝仔唱山歌。
> 青年男女犁田土，
> 顶埔下埔相照顾。

不但让我们感觉到农村的氛围，也让我们看见了农田上活泼的景象，台湾高温多雨，加上人民努力的耕作，年年的丰收是农民可以预期的。台湾的三大农产是稻米、甘薯、甘蔗。

日据时代，台湾是日本粮食和原料的供应地，然而人民的生活却普遍的艰困，每一个在日据时代或台湾光复初期长大的人，必然不会忘记年幼时天天吃"甘薯签饭"的景况，若有一餐吃到白饭，已经认为是上苍莫大的恩赐了。因为我们对土地的信念，并未使我们因吃甘薯饭而绝望，有时我们吃过甘薯的晚饭正在屋外乘凉，太阳已经西下了，但是我们生命的火炬仍燃烧得通红，我们虽然看不见太阳了，但是它的余晖仍然辉映着我们的天空，我们相信明天，明天的太阳会使田里的秧苗长高长大，使我们有一天能吃到白米饭。

我们的愿望在台湾光复三十年来终于实现了。现在即使最贫穷的人民，三餐不但有白米饭，还有其他佐膳。在我们田园的梦乡里，甘薯已经远远地过去了，以往是人民的主要粮食，现在则用来制酒和饲料，都市里有烤炸甘薯，成为食用的珍品。

农业的台湾，拥有许多勤劳的农民，努力于粮食的生产，只要可以生产粮食的地方，就有勤勉的农民在那里耕作，为了增加耕地面积，田与田之间只有一条供单人行走的田埂，可以利用的山坡地全部被辟成梯田，所以台湾的耕作土地是毗连的，一块接着一块，正感知农民的勤劳及俭省。

关于农田，有两种景观是我们常见的，我们站在中部大平原的田埂中，往四周环顾，几乎看不见稻田的尽头，只是一片青绿的绵延，在远方有雾气笼罩，更衬出稻田的邈远和美丽；我们登上高山，往下俯望，则是一块稻田隔着一块稻田像阶梯一般接续到山下，田里的水反映着日光，一片灿亮。这种看似简单的景观并不是自然生成，它是我们的祖先一锄一锄所开辟出来的，尤其在山坡的地方，更是一个石头一个石头捡成的平野。

我们的土地几乎是生动地写着一首史诗，史诗上记载着农民的血与汗。

文明的基础——伦理

农民对土地的眷恋乃是自然生成的感情，有再高的收入他们也不愿离开土地。

我曾在许多地方访问过一些农民，以台中县的梧栖镇为例，由于台中港的建设，使梧栖的地价几乎涨到百倍以上，一个拥有一甲地的农民，他的土地可以卖到千万以上的价格，如果卖掉土地，他坐吃利息也能过很好的生活，如果投资工厂，收入更不可以道里计了。

但是他们不愿离开那块世代耕耘的土地，理由很简单："祖产怎么可以随便出售呢？"

于是，他们依然居住在用砖和竹料建成的农舍，农舍的窗户很小，只有一个向外开的大门，一间厨房，一间堂屋和几间仅供居住的卧房。另外有堆机器和燃料的储藏室，打谷场、粪坑、菜园甚至畜舍，都建在房屋附近——这种建筑景观几乎是台湾农村的共相，又由于农村里很少独家立屋，都是相望为邻的散村，使得农村到现在还维持着很好的人际关系与伦理关系。

我在乡下常常观察农民的生活，有一个有趣的现象很吸引我。乡下的建筑常有"祖厅"，"祖厅"里供奉着祖先的牌位和他们信奉的神明，"祖厅"的门通常有一个一尺高左右的门槛，这个门槛并不是简单的门槛，它代表了非常重要的意义：它隔开了屋里和屋外，使乡下农民在复杂的人际关系中还能保持生活的私密性。我在年幼的时候，偶尔无知地坐在门槛上，就会惹来祖父的斥责。他称那个门槛为"户定"，那上面是有屋宅守护神的，怎么可以坐在神明的头上呢？还有，每次大人们要出门耕作跨过那个"户定"前，一定要先整肃仪容和言行，因为"那一步跨出去，就是祖先的土地了"。农民们对土地的敬爱，和他们维持人际关系的微妙都在那个"户定"里表露出来了。

说到伦理关系，过去的农家都是大家庭，成员有时多达五十人以上。他们通常和睦，因为最大的家长具有相当大的权威，从他们居住的位置可以清楚地知道。父母通常住在祖厅正后面的堂屋里，若有祖父母则住在中间的最内进，儿女们住在两边厢房，围成三合院，中间则是一个方形的庭院，伦理的交通则在祖厅（也是客厅）和庭院中进行。我们可以用一棵树来作比喻，祖厅所在的中间房子是树的枝干，两边分出的厢房则是树的枝丫，而祖先呢？正是大树深埋在地底里的根。这其中自有紧密的联系，是不可分离的，也因于这样的关系，才能绵延不绝地开出伦理的花果，也才能在浓荫之下，仰望祖先的天空。

中国人具有"天圆地方"的观念，因此生活的形式是方正的，所有的变化也均以这方正为基础而发展出来的，所以说，台湾的基础在农业，而文明的基础则在伦理，若没有这种强固的伦理观念，所有的文化都将是奢谈。

让祖先的灯一直亮着

为了要了解伦理的基础，我们到屏东一带的六堆地区去，看看三百年来的台湾人是怎样地生活着。

　　"六堆地区"包括了高雄县美浓镇及屏东县的内埔乡、潮州镇、竹田乡及其附近早期开发的地方，它开发时间大约在清康熙二十六年（一六八七年），所围绕的地区则是屏东下淡水平野。

　　由于"六堆地区"位处偏僻，接受现代文明较迟，加上当地居民观念的固执，宗族观念较为浓厚，使得它幸运地还保留了三百年前的原貌。宗祠、祖庙到处林立，一般人家没有富丽堂皇的"祖厅"，很自然地，它的整个居住形式仍然维持了三合院落，未曾更变。

　　我们走进了这一个维持了淳朴风味的地区，最触目惊心、发人深省的是镌刻在大门口的对联，它们这样写着：

　　　　中山世系
　　　　炎黄家风

　　　　钟山启绪
　　　　颖水流徽

　　　　瘴雨蛮荒开祖业
　　　　高山流水仰宗风

香飘翰墨家声振

谷产英材国运昌

高山流水琴心古

舞鹤飞鸿翰墨香

四房合祀尊先祖

万派朝宗启后贤

再抬头看门楣上，则写着"颖川堂""西河堂""陇西堂"等等，使我们感知到他们追怀祖先的诚心正意，意念之诚，竟使得他们得以维持这种伦理关系，无畏于现代潮流，经数百年而不辍。

再从大处看，所谓"六堆"的来源，在竹田乡西势村的六堆忠义祠有一块石碑记载了一段重要的史实：

……及清朝……乃相约划地为营，联庄为垒，分先锋、中山、前、后、左、右六个地区，作适当防御之基地。南出佳冬、枋寮，北接美浓、六龟，其中包

85

括松林、高树、长治、盐埔、麟洛、竹田、内埔、万
峦、新碑及里港之十余乡镇之广大地区，类多聚族而
居，结村自保，是以六堆之名见称焉。

从这块石碑来看，所谓"六堆"无非是开拓初期的自卫
组织，就因为有这样的历史渊源，使今天的六堆还可以看到
以六堆忠义祠祭典为中心而团结的风气，也因于这样的血脉
流程，六堆地区还以祖先为中心，过着农业的生涯。

最让我们感动的是，我们走进如今保留完好的宗祠、祖
庙、祖厅中，会发现祖先面前的两盏灯永远是亮着的。它从
黑夜亮到天明，再从黎明点到暗夜，几千年来就亮着，从中
土亮到美丽之岛的偏僻一隅，它仍然会继续亮下去。那两盏
小灯不但是伦理的基础，也是生活的信念，因为人人心里点
了灯，所以处在无论如何艰苦的环境中，他们长燃的希望也
不会被熄灭。

天恩——一年三熟的地区

六堆人对祖先的信奉和对伦理的尊重不仅是来自传统，

也来自生活。在高屏地区，稻米的收获量得天独厚，由于气候温热，灌溉充足，农民的耕地一年可以三获，是全世界最宜于种植稻米的地区，难怪当地的居民把它归诸于"天恩"。

每隔四个月可以收成一次的稻米，虽然使农家更为忙碌，农民的忙碌也使得屏东平原成为稻、蔗、香蕉和椰子的主要产地。在中国农民的成语里有一句话说"春耕、夏耘、秋收、冬藏"，到了屏东平原就用不上了，它是"春收、夏收、秋收、冬藏"，有时候甚至即使是严冬，也可以看到农民们收割稻米，因为屏东平原几乎是没有冬天的。

台湾年产稻米约两百多公吨，屏东平原大约占了三分之一。台湾稻米产量平均每公顷可以生产三十二公担以上（世界每公顷的平均产量是十八到二十公担），但是在屏东平原每公顷的年生产量有时高达五十公担，几乎在世界年平均产量的两倍以上。我曾在屏东平原帮农人收割稻米，他们有一种稻子名称"百日稻"，从种下那一天算起到收成只需要一百天，可见到稻子在屏东平原收成是何其快速！如果三熟都种"百日稻"，甚至可以在冬天再植种甘薯、红豆或番薯等副产品，一方面增加了收入，一方面也保持了地力。

在屏东平原，所有的耕地都做了最有效的利用，即使在溪流旁的沙地，他们也种植了果菜，有时溪水暴涨，把农民辛苦种植的蔬菜和瓜果冲失，待水过天青，他们就重新来过。

有一次台风过后，我冒雨到屏东平原去，有许多农民脚着胶鞋、身穿雨衣、头戴斗笠在溪水畔的沙田中种作，我做了一些临时的访问，我问农民："蔬菜都被水冲走了吗？""是呀！每年都要来这么几次。"当我担忧地问及："你现在种下去，万一大水再来呢？"农民反过来安慰我："没关系，冲走了再种，老天有眼，总不会一年四季都是台风吧！何况，土地荒废着有多么可惜！"然后他们继续低下头去整理他们的土地。

我突然想起小时候大人教唱的一首简单的《牛犁歌》：

　　　　手扶牛耙喂

　　　　来锄田啊喂

　　　　我劝那犁兄喂

　　　　不可叫艰苦

　　　　那哎哟犁兄喂

　　　　为的是增产

　　　　大家哪

　　　　合力啊喂

　　　　来打拼哎哟喂

　　　　哪哎哟啊伊多犁兄喂

为的是增产啊伊多

大家协力来打拼

从农民毫无怨尤的回答里，从民谣所表现的活泼奋扬的节奏里，我们几乎已能在农夫乐天知命的脸容上，看见他们内里勤劳无所畏惧的意志了。

一寸一分地捏着它长大

台湾虽然是农作物丰收的地方，然而所有的作物都不是任意可以长大的，都是经过农夫们终年的辛劳，它才能从芽苗成为稻禾，再结出稻穗。

我们从几个耕种期间的小事说不定可以追溯到农民辛劳的一些点滴。

在稻子播种以前，要先选好谷种收藏，谷种干了以后，要治毒，以免带病菌到土里，然后使这些稻种孵芽育秧，秧苗长好了还要洗去秧上的泥土，使能有利于水稻的生长。接着要插秧，将一把把的秧苗整整齐齐地插到农田里去，要插得快、插得匀、插得深浅一致，非得几年的经验不能成功。

插秧以后，农民要搜田草、巡田水、施肥、灌溉、喷洒农药，天天把心挂在田里看秧苗长大，一直到结穗收割才算了了心事，不过又要准备下一次的插秧了。

我们常看到水稻的一片青绿，很容易误以为稻子是好种的，事实上，稻子是相当脆弱的，农民要担心的事很多，包括插秧期天气的忽冷忽热会发生烂秧；水少了秧苗会枯死，水多了会淹死，水冷了则会冻死。生长期发生的各种怪病，像白叶枯死病，使稻叶枯白；胡麻叶斑病，使稻叶发生麻点，谷粒长不足；像稻恶苗病，使稻苗抽长或矮缩而不能结粒；像稻秆禾线虫病，使叶梢干缩扭曲。好不容易到了结穗，又有稻曲病使稻穗无法长成；还有天上飞和地上走的鸟兽会来将穗子当点心吃；遇连日阴雨则还没有收割的稻子会抽芽，等等。

知道了稻子的脆弱，使我们对农夫的辛劳不禁捏一把冷汗，也就更能体会"锄禾日当午，汗滴禾下土。谁知盘中餐，粒粒皆辛苦"的意义了。大凡是我们吃的作物，便没有简单播种随意收成的道理，无一不是农夫辛苦所换来的，民谣《农村曲》里也有一段是描写这种情状的：

　　炎炎赤日头

　　凄惨日中照

有时踏水车

有时着搜草

希望好日后

苦工用透透

曝日不知汗哪流

手是用来劳力的

迈入工业社会，机器代替了人工，插秧有插秧机，犁田有犁田机，灌溉有抽水机，除草有除草机，喷洒农药有直升机，收割有收割机，搬运有各式各样的交通工具。

这些各式各样的机器虽然可以代替人工，但是在台湾的推广好像并不容易，最常见的水田景观仍然是农夫和水牛，以及赶鸟雀的稻草人。为什么在这个机器的时代，农夫们仍然固执地用着他们的双手呢？

我曾在高雄县美浓镇遇到一个农夫，他有两甲地，一甲全部使用了机器，一甲则全部使用手工。他说："我觉得用手种出来的稻子比机器的好吃，而且手是用来劳力的。"农夫的答案使我们都笑了起来，我相信他的答案是很多农夫的答案。

当然手工种出来的稻子比机器种出来的好吃可能是心理上的感觉，是无稽之谈，但是"手是用来劳力的"则是让人感动的。

美浓的农夫以他的两甲地来做试验，具有特别的意义，这也许可以为台湾农村的机械化找到一条出路。美浓是一个尚未受现代工业文明污染的乡镇，其农业色彩常常表现出中国农村社会的原神，这种原色的保存，一方面来自地理位置的偏僻（仅有两条道路，一条经旗山通往高雄，一条经里港通屏东），一方面是美浓六万人中有百分之九十五的客家人，个性趋向保守。

从文化的保存上看，这自然是好现象，就乡镇的进化上看，却是一个落后的地方，但是我相信农夫"手是用来劳力的"的信念，希望美浓能好好保存它，并维持它景观的特色；可是在整个基础和个性的开放上则希望它往进化的路上走——很可能，就是手工与机器并用的心情，它容纳了机器，并且不忘记手的传统功能。

美浓有一个奇特的景观，就是烘焙烟叶的烟楼。我每次到烟楼里看到少女们用双手整理烟叶时，她们的辛劳常使我想到说不定用机器来做会更快更有效率，可是少女的工作又使我感受到一种美，那是生活的美，比艺术的美更深刻，怎样的生活方式才是美浓最好的生活呢？我迷惑了。

印下人生的证记

美浓的景观使我们了解到一个土地上重要的观念问题，就是台湾的农村景观中最重要的因素不是土壤、植物或气候，而是人民。

在这古老的土地上，到处都有人群的存在，很难找到一小块地方是没有经过人们的手足和人的活动渲染，生活是深重地受到环境的影响，人地两者结合成一个个体——人和自然不是分离的现象，而是一个有机的整体——愉快的农民在田地中工作，恰似丘陵在土地上凸起，河流流经土地，树木在土地上站立，同是自然界的一部分。

所以，小心耕耘的稻田，是台湾全景的一个不可忽视的因素。

长期面对生活的经验，台湾的农民找到了最高获得收获的方法和最美满的社会关系，农民的人生活动已与自然环境完全相适应，产生了一种古老而安定的文化，不易受到外来环境的影响，用生态植物学的名词来看台湾的农村可以称为"群落"。

它们的根一旦在群中落种，就再也不容易移动了。

但是，农村在继续往前进化，我们必须先明白它过去的历史，才能知道目前的情形。台湾群落景观在时间上的意义和在空间上是一样的，"现在"是长久岁月所累积下来的产物，我们不要忘掉了土地与人民关系的历史，为了要找到历史在农村景观的证记，我们以最有时间代表性的淡水来做说明。

台湾村镇景观虽然都具有个别的特质，然而在发展上因作物、人民，甚至历史演进的相类似，使得所有的景观产生相当大的一致性，在这种一致性中，淡水便是一个相当特殊的景观。我想，这是由于淡水的沧桑。

在台湾的历史上，淡水是最早印下帝国主义足迹的地方。公元一六二九年，西班牙为了阻扰日本和荷兰的贸易，派兵登陆淡水，一面筑圣多名各城作为防守的据点，一面大量开采硫黄。这是帝国主义的第一个脚印。

到了一六四一年，荷兰人为了争夺海外霸权，和西班牙人战争，西人败，将淡水拱手让给荷兰。这是帝国主义在淡水的第二个脚印。

后来，淡水收归中国版图，才开始有比较规划性的中国脚印。可惜好景不长，咸丰元年（一八五〇年），外国商船发现淡水是一个好的贸易场景，因此在咸丰十年（一八六〇年）与清廷签订的《天津条约》，强逼清廷开港，英国领事馆在咸丰十一年（一八六一年）迁到淡水，接着又带来各国的洋行。这是帝国主义在淡水的第三个脚印。

台湾割让给日本的时候，淡水自然也成日本的属地，是帝国主义踩踏在淡水的第四个脚印。

这些零零碎碎的脚印把淡水踏出一种不同的景观，我们可以看到欧式和日式的建筑，构建在中国的场景上，使我们走一趟淡水就引来一阵伤心，感到历史在土地景观上确存它有力的质素。

淡水不仅是台湾近代史的缩影，也是中国近代史的戳记，我们看到淡水无以名状的美，而这美却隐藏了一段沧桑的过去。淡水的隆盛已经过去，但是淡水的历史没有抹灭，从淡水，我们体会到人、历史和土地。

淡水是个海港，从河口推拓出去，我们就见到辽阔的大海。我们考量土地也不可忽略海洋，因为海洋是渔民的土地，而台湾的开发是从海洋来的，渔民建立了开发的基点。我曾听过一个渔民说："农夫在土地上的耕作，也许几个月才收成一次，我们每天都有收成，冒险有什么关系？"

海洋和土地同是我们耕耘的地方，同是祖先与大自然奋

战的场景，如今，祖先去远了，但是祖先的骨血仍在，祖先
的精神永存，我们要踏着祖先的血汗前进，一步一个脚印，
为我们的子孙走出一条崭新的道路来！

独对青冢向黄昏

——寂寞的贞节牌坊

黑暗里升起一盏灯

黄昏流尽，黑夜已经来了。

在笼罩着黑幕的草原上，一个人，孤独地安静地走着，望不见来路，看不清去处，在长满荒草的地上寻找一个可行的方向。

心头随着夜凉，逐渐渗进一点点彷徨，一点点惊怖，以及一种无助的苍茫——走在黑夜里并不可怕，可怕的是，没有灯，也找不到方向。

百里洋场的万家灯火，还不及黑夜的草原上有一盏灯。

　　熙攘热闹的街市中，灯光照耀如白昼，也不及心里亮着一盏灯。

　　走着，走着，草原的尽头处，忽然亮起一盏灯，一点小小的光明，灯下的山穷水尽柳暗花明渐渐显现，天上的云也散干净，一条宽广平坦的大路便展现在眼前了。

　　虽然草原还是黑暗的，但是有灯就有路，有路就有屋，有屋就有村落，有村落人与人之间就有情，有情就有爱——爱像是一盏灯，千百年来就这样点亮人心，也燃烧出不朽的故事，让人灯下捧读，常忍不住要泪雨沾襟。

　　我相信，爱情里有永恒的质素，历经千百代亿万人，这种质素仍然万古长新。问题是世上有历久不变的爱情，却没有永远不变的爱的面貌。爱情的面貌必会随着不同的时代、不同的思想、不同的时空、不同的人物的变迁而有所改变。

　　因此，虞姬爱项羽可以献舞自刎，项羽爱虞姬可以割首挂上鞍马；司马相如爱卓文君能有千古的诗赋，文君爱司马相如能除袍服当垆卖酒；明武宗爱李凤姊，愿弃江山就美人；白蛇为了求人世的一点情爱，不惜身殉千年修炼；宝玉和黛玉有木石前盟的至情；"孔雀东南飞"、梁山伯与祝英台不惜殉身以寄望来世的情爱……

　　这些千千万万中国民间的传说与史实，有可惊的一面，但若就常中有变的观点，仍然不脱正常的轨道，是可以理解的。

在我采访的机缘中，经常路过各地的贞节牌坊，那仅仅是普通而单调的石坊，却常可惊地深深地震撼我的心灵，使我看到贞节牌坊时，不禁要俯首默思——如果它是讲情爱的，是不是还是正常的轨道呢？如果它是讲贞节的，背后又蕴藏了什么？

贞节牌坊的意义，近代经常受到扭曲和诟病，认为它是不道德的，认为它是封建社会的表征，甚至认为它的保存是为了古迹，已不再有任何教化的意义。几乎没有人用正面的价值和新的观点来肯定它，于是，贞节牌坊在现代社会，被折离成为神秘、落伍、不道德、违背人性的表征，慢慢萎缩到各地最难得一见的角落里，在人心中，更是消失得无影无踪了。

行之数百年的贞节牌坊，难道在现代人的思想、环境、观点下，就应该寂寞风露立中宵吗？就应该独对青冢向黄昏吗？就应该为伊人消得人憔悴吗？

到如今，情爱的坚贞与永恒的质素，有很大的变化，许多人不禁要问："天底下到底有没有贞节？有没有爱情呢？"在情爱被许多人看成不值一文的现世，在贞节用钱可以轻易购得的社会，贞节牌坊到底是什么呢？

　　我觉得，它是一盏灯，即使不能照见我们的前路，至少也能让我们做心灵的遐思——在那块石坊中，往往有一个哀怨的生命，透露出对贞节与情爱肯定的信息。她们的一生是短暂的，这些讯息却是长久的。

　　有一次，我路过台南一座贞节牌坊，有人把竹竿架在坊上晾晒衣服，我看得心中翻滚不已，一股热血驱迫着我，使我觉得到牌坊去不再是路过，而是专程去看、去写、去记录、去沉思，希望能点起许多人久已丧失的，贞节与情爱的灯。

　　在我们的时代，我认为它不点在白昼，而点在黑夜。

贞节观念在中国

　　现代人常有一个错误的观念，认为中国自古就是讲究妇女的贞节戒律森严的国家，其实这是不正确的——在中国妇女的活史上，贞节的观念虽古已有之，但却是采取自然容涵的态度，而不是将贞节看成天条地律，因此不仅合情，也是合理。

　　从《易经》上的记载可知，在中国礼教初成之际，"贞节"是泛称，也具有多样的面貌。《诗经·秦风》的《葛生蒙楚》

中虽然描述了邻里对守节寡妇的赞美，但此处我们应该辨明，这位寡妇之所以守节乃是出于深挚的情爱，从内心灿发出来的决心，而不是被社会力量压迫而守节，这就是说，早期中国的妇女贞节并不严苛，而是生命自然的律动，可惜这种面貌只维持到秦朝。

由于秦是以"法"来规范社会，妇女的贞节也在规范之内，这可说是中国重视贞节的开始。不过，秦朝虽然力倡贞烈，但却更重视"男女双方互负贞操义务"。同时，再嫁仍是民间的风尚。

遗憾的是，汉班昭的《女诫七篇》已经对妇女的贞节进行了恶毒的扭曲，但也终是以"天"和"礼义"来做精神上的规范，在礼制和法规上并无禁止改嫁。

和前朝相同的，魏晋六朝的妇女守节问题，仍是双线发展的，即"鼓励守节"和"不反对改嫁"。

到了唐朝，朝廷非但不禁止改嫁，甚至还颁发法令，对于为夫服丧期满的寡妇，劝导她们再嫁。

由周至唐，双线发展的贞节观是妇女生活的特色。

宋理学兴，程朱等人不但在学问上穷经究理，于贞节方面更是力倡"饿死事小，失节事大"的非人性守节。

明律、清律对于妇女守贞，连父母的人伦都会逊色了。

尤其是清代，贞节观念已经走到"宗教化"的地步，不但夫死守节视为当然，就是未嫁夫死，也要尽节，偶尔为男子调戏，也应寻死。

民国后，虽然贞节观念还是有形无形地存在着，可是比起历朝，中国妇女到现在才算是完全地从贞节的樊笼中挣扎出来。

岁月流转，在男女平等的今日，我们来看看贞节牌坊到底是在什么标准下被建立起来的。

贞节牌坊是如何建立起来的

贞节牌坊建立之早，早到令我们难以想象。

最早用"实质"的东西来褒奖贞节，是记载在《汉书·宣帝本纪》里，在汉宣帝神爵八年（公元五十八年）诏赐贞妇顺女帛。屈指一算，这已是一千九百多年前的事情了。

当然，顺女帛是一块布，并不是一座牌坊，但是在实质意义上和牌坊是无二致的，以其最初的重要性，我们宁可把它看成是牌坊的起源。

此后，旌表不断。

所谓"旌表",是为了振作风教的一种国家行政，也是我国自古以来专属于皇帝的荣誉权，十分受到重视。

我们的旌表发展到清朝而大盛，由《大清会典》可以看出，清朝旌表的种类，接受的资格包括十二种：

一、节妇。

二、烈妇。

三、孝子。

四、义夫。

五、殉难官民。

六、名宦乡贤。

七、乐善好施。

八、累世同居。

九、百年耆寿。

十、五世同堂。

十一、亲见七八代。

十二、一产三男。

旌表范围的广泛，有点像今天褒扬好人好事，或是五代同堂、三胞胎这些登在社会版的新闻，只是今天是社会大众的钦羡和褒扬，古代却是皇帝所赐的荣誉，形式虽不一样，其同为荣耀则是一样的。

在这么多种旌表之中，最为人重视的是节妇、烈妇、孝子、义夫四种旌表，因为这四种乃是我国的人伦之大，而且要接受旌表不是靠运气，或是行善事，而是个人意志力的最高发挥，必须经过长时期的忍苦耐艰才能做到，甚至于有时还是惨遭不幸时的奋不顾身。

即使在今天想起来，都会使我们无限崇仰，何况是古代？

怎么样的"贞孝节烈"的人可以获得皇帝的旌表呢？在《凤山县采访册》中访贞孝节烈妇旌表事例中曾经有很详细的记载：

一、孝子割股伤生及烈妇夫死无遗嫁情形而遽殉节者，奉旨不准给旌，此自圣朝广大好生之德；然有出自至性，割臂割股疗病至愈，两无伤损者，优傥情重，不因逼迫而慷慨以殉夫者，由六部九卿科道强臣奏请旌表，候旨遵行。此足见我朝典例，仁之至，义之尽。凡我士民，当仰体朝廷德意，遇有此等，一体开报。

一、列女分贞、孝、节、烈四种名目。女曰贞，妇曰节。孝者，妇女善事其父母、翁姑也。烈者，妇女惨遭不幸，奋不顾身也。此须分晰明白。

一、女未字在母家守贞者，曰贞女。已字未嫁而夫死，途赴夫家守贞者，曰贞妇。女家无男子，女自誓在家守贞，奉养父母终老者，曰孝女。出嫁孝养舅姑代替危难者，妇女代夫危难者，均曰孝妇。夫死守节，孝养舅姑，抚孤成立者，或无子而守节终养者，均曰节孝。凡节未有不孝者也。不论妻妾，但年三十以前夫死而守节至五十岁者，或年未五十身故，其守节已及大年者，均曰节妇。

一、夫死以身殉夫者，曰烈妇。遭遇盗贼，强暴捐躯殉难者，妇曰烈妇，女曰烈女。力不能拒，羞愤实时自尽者，亦合旌表例建坊。凡妇女贞而兼孝者，曰贞孝；兼节者，曰贞节；兼烈者，曰贞烈；节而兼孝者，曰节孝；兼烈者，曰节烈。各随其事实变通办理可也。

一、女许字未嫁而夫死，女往夫家守贞身故及未符年例而身故者，一体旌表。

一、妇女遭寇守节致死，历事历年久，准补行请旌建坊。

一、节妇夫死毁容自誓，如命女割鼻之类。近年新例不俟年限即行给旌，如遇此等，亦应开报。

一、本省府感州县开报员孝节烈妇女，请注明某里、某乡及里乡户首姓名，贡举生监保认姓名，以备查核。

一、贞女、孝女请载父母名氏，云某人之女某贞姬、贞娥、贞姑，称谓各随乡俗可也。已许字者曰字某姓，未字则云未字。

一、贞烈节妇，请载夫名，云某人之妻某氏；孝妇兼载舅姑名氏。

一、贞节妇某年于归，某年夫卒，计守贞守节若干年，现存年若干岁；其未五十而身故者，载某年身故，计生前守贞、守节若干年。

一、节妇有子几人，或抚子，或无子，均请分晰载明。凡妇人守贞砥节，其志至苦而其神至清，故子孙多致贵显，非独天之报施不爽，亦其平日之懿行淑德所以感之者有渐也。如贞节之子孙，有得科名仕官者，均应详载。

一、烈妇、烈女，请载某年月日遭寇贼强暴自尽。其贞、孝、节三等妇女卒之年月日以及葬地，有可考者，亦应载明。

一、贞、孝、节、烈妇女已请旌表者，应书明某年月日，某官某题请旌表。其未旌表者，亦应书明尚未奉旌表。

一、贞、孝、节、烈业经题奏，奉旨予旌，而通志遗漏未载者，亦请开明补刊不误。

从以上这份详明的记载中，我们不但已完全明白什么样的人应该旌表，受旌表的妇女有哪几种，也明白了旌表的不易。从这份记载中，我们也可以推知清代对建牌坊旌表的重视，很显然是经过长时间的酝酿、推敲的，才能有这样详明而要言不繁的法则吧！

其中有一款规定三十岁以前寡居达五十岁者的旌表，明白规定须守寡二十年，但是到了清世宗雍正三年（一七二五年）起减为十五年，再到宣宗道光四年（一八二四年）时减为十年，又于穆宗同治十年（一八七一年）时再缩短为六年，可以说愈是清朝后期旌表的条件愈放宽，这一方面是朝廷的德政的表示，一方面恐怕也是民众对这项荣誉的需求吧！

但是，我们怎么知道民间有哪些妇女合于上述条件？她们的贞节牌坊又该如何营建？而这种制度会不会产生什么流弊呢？

牌坊的建造程序及准则

在我国，旌表妇女一事自古就由皇帝亲自批准，一来表示其隆重，二来希望借着帝王的赏赐来悦服民心，三来希望作为社会道德的规范。

但是，皇帝自然没有办法一一去查访全国的孝子、顺孙、义夫、节妇，及贞烈妇女，所以这个工作便委由全国的地方官吏来做。这方面的工作以清朝做得最为完备，因此我们举清朝为例来加以说明。

在清朝，各府州县有许多儒学，到处访察孝子、顺孙、义夫、节妇，以及贞烈妇女，经察合于规定的，便上报该府州县的督抚，督抚经学政使同意后；一即咨报礼部，一即上奏皇帝，皇帝即附之于礼部之复议后予以准许。

皇帝准许后，便命各地方官支给银三十两，让被旌表的人家建造牌坊，并且将受旌表者的姓名刻在属于府州县所建的"忠义孝悌祠"或者"节孝祠"内的石碑上，同时把他的神主牌安置在同祠内，春秋二季由地方官来做祭祀。

所谓"忠义孝悌祠"是祠内建有石碑，而"节孝祠"外则建一座巨大的牌坊，将姓名都刻在上面。一旦牌坊刻满而没有余地的时候，就立即新建一座牌坊。

但是，私社牌坊，又分为官银和私银两种。大抵上说，在我们历代奖励节妇设旌表，是一种皇帝要表彰的善行，所以不分贫富贵贱妻妾婢女只要合乎条件，都能够得到旌表的恩典。

所谓"条件"，有关节妇的主要是长年寡居、孝义兼备的妇女，像清朝就规定三十几以前寡居达到五十岁的就给予旌表。而未满五十岁以前守寡，最初规定要二十年以上，到雍正三年改为十五年，道光四年改为十年，同治十年以后缩短为六年，都可以获得旌表。

这种旌表就是前面所说官支银三十两，建牌坊、受祭祀。这是官银，但是如果有寡妇合于规定的，她的家可以请愿在家中自建牌坊，由官府批准，自费筹建，称为"私银"。

寡妇守节合乎年限是一般节妇的正常情况，可是在奖励守节风行出去以后生出许多不正常的情况，第一种就是"订婚女守节"，凡是在订婚后，未婚夫死亡而留家守节或到夫家守节都视同寡妇守节，可以得到官方的同等对待。如果她在未婚夫死后，于神主牌前结婚，婚后脱下礼服换穿丧服，夫家即以媳妇看待。或者未婚夫死后，殉死自尽的妇女看作贞烈之妇，也可以享受同样的优待。

第二种不正常的情况，是妇女将遭强奸之际因反抗而被杀伤的，以上述的标准旌表。倘若遭遇强奸后才被杀害，或被强奸后自尽的，也同样加以旌表。然而，这一类旌表官银只有十五两，且不许在祠内设神主祭祀。此外还有一个附加规定，就是自尽发生在翌日以后的，一律不加以旌表。如果是童养媳在未成婚前，因拒夫调奸致死或羞愤自杀的，也发三十两官银建坊。

第三种不正常的情况，几乎是无所不用其极地要找"节妇"来旌表。譬如遭遇寇匪时守节致死，不论其年代有多久，经查属实就给予旌表；节妇被亲属逼嫁致死，被本夫逼令卖奸而自尽，被翁姑勒索致死，都给予旌表。举凡仆妇、婢女、女尼、女道士拒奸致死等等也通通有奖，给予旌表。

我们访查这些历史记载时会发现，"守节"不但成为国家和社会的奖励，甚至成了一种习俗，到了后来，守节反而成为一种社会的正常状况，变成大家所努力追求的。

记得几年前，电影导演李行曾拍过一部《贞节牌坊》的电影来检讨这个历时久远、一直被中国人视为自然的观念，做一个严厉的批判，想到在那一个偏僻的小渔村中，一堆大寡妇为了造一座牌坊所受尽的人间惨境，真是违背人性和违背人文精神，至今想起来还让人戚戚。

几百年来，中国所有的妇女不分贫富贵贱妻妾婢女都活在这个无法超脱的桎梏，这个桎梏则是中国人共同制作的。当我看到妇女被强暴后翌日以及自杀的，即不给予旌表，无异于强迫妇女在被奸后马上自杀，不禁为中国古代的妇女掬一把同情之泪——为什么一个号称文明的古国，会长期处在这种黑暗的无知中呢？

我认为，节妇的旌表是中国人一个耻辱的戳记，也是一个无知世代的悲剧，当然，这些受旌表的妇女是无辜的，甚至于是让人感动的，可是这个悲剧的本身却充满了无可奈何的抗告，是所有中国人都应该深思的。

在回顾这一页沧桑之际，我们来想想台湾的贞节烈妇，自清初迄今，到底有多少被旌表的妇女。根据台湾丛书的记载，清朝的节妇分布是这样的：

台湾县五十六人、凤山县七人、诸罗县三人、彰化县三十七人、淡水厅八十九人、澎湖厅三百一九人，总计六一一人。

台湾在清朝短短统计中，就有六百余位妇女沦入这条可怕的道路，在整个苦难的中国疆域里，更不知有多少这样的妇女呢？她们用苦痛挣扎的一生建造一座牌坊，经过几百年后却风化消退，只剩下一些统计数字。这些守节以终的妇女还是幸运的，有的没有那样幸运，她们是殉死或自尽的，用的方式包括活埋、自焚、缢死、切腹、刎颈、投水、服毒、割舌等等，想到牌坊与生命之间最后一刻的选择，不禁令人毛骨悚然。自尽的妇女被称为"烈妇"，共计：

台湾县十七人。

凤山县六人。

诸罗县三人。

彰化县二十八人。

淡水厅二十一人。

澎湖厅八人。

总计六十三人。

从统计数字来看（真正的节烈妇女绝对是超过统计数字的），台湾的节妇和烈妇共计六百七十四人。这六百七十四人经过旌表后究竟流落到什么地方了？她们的旌表至今又在何处？

许多年来我的采访工作，使我每到一处总要去探访那些已经被岁月和风霜剥蚀掩埋的贞节牌坊，去凭吊那些寂寞的心灵。目前，台湾的贞节牌坊只剩下八座，而且一座比一座不堪，几乎无人管理，更不用说整修及改建了。

现在我们就来看看台湾仅存的这些牌坊：

一、周氏节孝坊

位在台北市北投区的代天府旁边，这座牌坊是双十字形的，没有盖顶，形式非常简单，比较引人注目的是站在两边的小石狮（已蜕断得不成形），四枝石柱也斑驳不堪，几乎看不出它的原来面目。石柱上刻了对联，不仔细辨认也看不出它原来的字了，对联上是这样写的：

内亲舅母，外戚妻姑，卅载独歌陶鹄；
上为尊嫜，下慈孙子，九原不愧梁鸿。

激其浊，扬其清，遵乎内则；
树之坊，立之表，祭及外家。

这座牌坊建于道光三十年（一八五〇年），是为了表彰陈玉麟的妻子周氏早年丧夫，守节扶孤，侍奉翁姑至孝，三十年如一日而建成的。上面还有刻字：

旌表台湾府淡水厅故儒士陈玉麟之妻周氏

守节三十年，牌坊垂之百余年，死后却只留下一个姓氏，早死的丈夫反而可以留名，思之令人浩叹！

二、黄氏节孝坊

位于台北市新公园内，这座牌坊也是双十字形，因为处于公园，还有六成新，于绿树掩映中游人如织，是台湾目前保存得最完好的贞节牌坊。其实这座牌坊原来建于贵阳街一段，是清光绪八年（一八八二年）建成的，后来因为原地要建官舍才于光绪二十七年（一九〇一年）迁移到新公园内。

"黄氏节孝坊"的额题有"节孝"两字，下刻"清旌表故儒士王家霖妻黄氏坊"，柱上也有一副对联：

廿八岁痛抚藐孤，从夫之终，从子之始；
六十载永操劲节，为母则寿，为妇则贞。

这是为了崇仰艋舺王家霖的妻子黄氏，她二十八岁死了丈夫，守寡六十年而死，上事父母，下抚孤子，乃是中国贞节牌坊的典型。

可惜的是，"黄氏节孝坊"并没有受到新公园游人的重视，我问过许多人，他们甚至不知道新公园里有一座百余年的贞节牌坊，设立贞节牌坊原是为了流芳百世，由此也可见这"流芳百世”是多么薄弱了。

同样地，在台北大龙峒原来有一个“陈门双烈”的贞节牌坊，在第二次世界大战时，日军驻在大龙峒，认为这座牌坊妨碍运输，强迫地拆除了，不但没能流芳百世，反而化为一堆尘土了。

三、杨氏天旌节孝坊

位于新竹市石坊街六号门前，是双十字形有盖的贞节牌坊，正面留有刻文：

圣旨天旌节孝旌表台湾府淡水厅本城民人林炽之

妻杨氏，道光甲申年○（看不清）月立。

“道光甲申年”就是道光四年（一八二四年），柱上有对联：

苦雨凄风，未悔当年九死；

黄章紫诰，共钦此节千秋。

问视椿萱，妇能代子；

栽培桂树，母可兼师。

　　"杨氏天旌节孝坊"由于位在新竹市区，民众云集，大家也忘记了杨氏的当年辛苦，因此早已破烂不堪，又脏又破，观之令人心痛。

　　四、张氏天旌节孝坊

　　位于新竹市湳雅里湳雅屠宰场的门前，正面的刻文是：

　　　　节孝皇清旌表同安县金门故淡厅庠生郑用锦妻

　　张氏坊

　　是同治五年（一八六六年）建成的，为了表彰张氏守节四十年，上有对联：

　　　　苦节坚贞，四十载矢志柏舟，磺溪流洁；

　　　　恩纶奖赐，千百年垂芳彤管，瀛峤风情。

　　　　北郭清风垂壶范；

　　　　东瀛皓月照贞心。

　　在这里每天被屠宰的猪羊不计其数，猪崽哭号之声不绝，腥臭冲天，张氏地下有知，不知作何感叹！

五、苏氏节孝坊

同样位于新竹市湳雅里，建于"南邨福建"古庙的门前，是清光绪六年（一八八〇年）为了旌表台湾府淡水厅儒士文林郎吴国步的妻子苏氏节孝所建的，柱上有对联：

守从一而永终，玉洁冰清，苦节更同奇节；
垂在三于不朽，鸾章凤诰，恭人无愧完人。

持节本家风，廿九岁操凛松筠，白华志节；
褒旌昭国典，四十年名成获教，丹陛恩纶。

"苏氏节孝坊"是比较幸运的，它位于庙门前，因有管理人员，因此保存尚好，享受香火不断。

可是香火不断又能如何呢？

六、林氏贞孝坊

位于台中县大甲镇顺天路和光明路的交口，今年干旱期间我到大甲镇去，大甲人正和别地区的民众一样受干旱之苦，"林氏贞孝坊"附近本来就有许多摊贩，因为缺水，摊贩们把脏的东西倒在坊下而没有水清洗，使这座牌坊脏乱不堪，臭气冲天。

"林氏贞孝坊"是道光十三年（一八三三年）为了旌表节妇林春娘所立的。林春娘是大甲本地人，是大甲中庄林光辉的女儿，从小就给余家做童养媳，十二岁的时候她的未婚夫余荣长被水淹死，从此，林春娘矢志不嫁，侍奉余母。有一次，余母染上眼病看不见东西，林春娘竟用舌舔她的眼睛，使余母的眼病好转。林春娘抚养族人的孩子为嗣，不久夭亡，后来又收养一子，为子娶妻生子后，儿子又死掉了，她含悲与媳妇抚养幼孙。林春娘遭遇过许多不幸的身世，丝毫不改其志，逐渐得到大甲人的敬重。

同治元年（一八六二年），彰化人戴潮春纠集八卦会党反抗清朝，认为大甲是来往台湾北部的枢纽，三次围攻大甲，而且截断采取截断上流水源使大甲缺水的办法。这三次都是由大甲人公推林春娘拜天祈雨，幸得降下大雨，饮水无缺，民众得以协力保全大甲。祈雨是社稷大事，由林春娘一个女流之辈主持，也可见她在一般民众心目中的地位了。

林春娘守寡七十四年，到八十六岁时才去世。

"林氏贞孝坊"是顶上有屋盖的双十字形牌坊，柱联上写着：

> 未成人而丧所夫，七十年中苦雨凄风何心共白；
> 既及身而隆美报，千百世后陈诗修史有眼皆见。

十二龄催胆披肝，苦节深闺月旦；

七一载饮冰画荻，叨恩大树风声。

后来，大甲的地方士绅为了尊崇她的贞节，塑神像于大甲镇澜宫内受民众膜拜，并称为"贞节妈"。

回顾林春娘的一生，与水有很大的关系，她的未婚夫被水淹死，她三次祈雨解救大甲，百年后却因干旱，脚下被摊贩弄得脏乱不堪，这恐怕是一个很大的讽刺吧！

七、赖氏天旌节孝坊

位于苗栗镇高苗里天云庙旁，它的正面和后面刻有：

圣旨天旌节孝台北府新竹县猫狸街儒士刘金锡之

妻赖氏节孝坊，光绪九年葭月日。

光绪九年就是一八八三年，是为了旌表举人刘献廷之子刘金锡的妻子赖四娘，赖氏早年丧夫，守节尽孝，享年八十四岁。

柱上也有联语志其事迹：

想当年夫死身妇死心，不忘青孀留白洁；

观此日显对人幽对鬼，自对皓首得芳名。

贞妇全夫直，以苦哀补天憾；

得亲训子只，留奇行翼人伦。

由于赖氏天旌节孝坊位于寺庙之旁，幸运地保留了原来的面目，得以在一个比较干净的环境中享受她的俎豆馨香。

八、萧氏节孝坊

位于台南市府前路三〇四巷三号福安宫门前，这是本省的贞节牌坊中最特异的一个，它不像一般的双十字形，而是两柱一间的格局，形式简单庄重，因为坐落的地点好，加上"台南市政府"近年来对古迹的整理保护，使它成为古迹之一，不至于遭到无知的破坏。

"萧氏节孝坊"是嘉庆五年（一八〇一年）为了旌表太学生沈耀文的妻子萧氏所建立的，柱子上的对联这样写着：

梦熊三月守冰清，树坊显夫子之名；

衔凤九天荣壸秀，画庄垂后昆之裕。

我每次到台南都要去凭吊"萧氏节孝坊"，那里因为幽静，经常有小孩子骑着脚踏车在附近戏耍。我想，这也许是她最好的安息之处了。

无语问苍天

我们环顾了现存在全省的八个贞节牌坊，便知道她们的寂寞身后名了，可是为什么她们在生时要忍受刻骨的寂寞呢？连横先生在《台湾通史·烈女列传》里说得好，他说：

　　夫妇之道，人之大伦。男子治外，女子治内，古有明训。台湾三百年来，旌表节妇，多至千数百人，虽属庸往之行，而茹苦含辛，任重致远，固大有足取焉者。夫人至不幸而寡，家贫子幼，何以为生？而乃躬事缝纫，心凛冰霜，日居月渚，照临下土。辛之老者有依，少者有养，以长以教，门祚复兴。其功岂不伟欤？又或变起仓卒，不事二夫，慷慨相从，甘心一殉，贞烈之气，足励纲常，斯又求仁得仁者矣。昔子舆氏谓可以托六尺之孤，可以寄百里之命，临大节而不可夺者，是君子。余观节妇所为，其操持岂有异是？惜乎其不为男子，而男子之无耻者且愧死矣！

　　所以，我觉得能坚立贞节牌坊的妇女虽是"庸德之行"，不足为训，但是从她人格的角度看，终生守一专志，春秋不移，她的人格是相当完整的。

　　如今社会形态改变，道德尺度相异，妇女的贞节也不如古代那样成为一种模式，但它仍有可资借鉴的地方，它正像一盏灯光一般，微明微灭，如果我们不能正视它，它很快就会熄灭了。

　　再从另一个角度，我们今天应该把这些贞节牌坊当成古迹看待，它比起林安泰古厝、板桥林家花园等等古迹的历史意义与社会价值是毫不逊色，它是一面镜子，让我们照见古代中国妇女的悲痛心灵，并且可以发现隐埋在中国人天性里一些不变的面貌，从而有所警惕。

　　令我感叹的是，它们在百年的蜕变中，慢慢隐在繁华街市的背面，成为杂草荒烟里的寂寞纪念物，终日无语对苍天，在光耀绚灿的夕阳中慢慢失去了它的光华，每当我在坊下徘徊，读着优美的联语，想到那些碎宝玉于寒冰的妇女，她们在黄章紫诰的表彰下，固不一定能共钦此节千秋，而于苦雨凄风之间，恐怕也不一定未悔当年九死吧！

　　在怀古之余，我想着，谁能为我们点燃那一盏寂寞的灯呢？

永生的凤凰
——掀开传统婚礼的帷幕

传统婚礼的"六礼"

从现代的眼光看，传统婚礼是繁缛隆重的，在文化与社会的演变中，以传统的文化为背景，这种繁缛隆重是必要的，它一方面表现了家族社会婚礼的严肃性，一方面则是伦理的礼仪规范。

依照中国旧有的风俗，传统婚礼必须遵循"六礼"进行，每一种礼数都有相当严格的规矩，要花费巨额的金钱——这"六礼"就是：一、问名。二、订盟。三、纳彩。四、纳币。五、请期。六、亲迎。其中的任何一种礼数都可能主宰男女双方的婚姻。

传统的婚姻依照的是"媒妁之言"，因此"问名"是相当重要的启端。当男方家认为女方姑娘合乎自己的条件时，就托请媒人到女家说亲，到女方同意的时候就要"问名"，也就是"合八字"。

所谓"八字"，也叫"生庚"，包括了人、生、年、月、日、时、干、支八项，将"八字"写在一张红纸上：

男〇〇〇乾造〇〇年〇〇月〇〇日〇〇时建生
女〇〇〇坤造〇〇年〇〇月〇〇日〇〇时瑞生

然后请算命先生批"八字"，看看男女双方的相性如何。相性好婚事才继续进行，相性坏就作罢。所以，问名是婚事之门。

"八字"看好以后就进入订盟的阶段，双方择定吉日，由男方拿着聘礼去相亲，聘礼包括金花、金环一对，金戒指、铜戒指一对，耳饰一对，还有礼饼、礼香、猪羊肉等，其中有一个重要的仪式是从红线绳上取下金戒指和铜戒指戴在姑娘手上——中国人都相信，姻缘是前世注定，是月下老人用红线系在一起，因而两枚戒指一开始就结在红线绳上。——

然后把男方送来的一切礼物供奉在神佛和祖先面前，烧金向神佛祖先禀告已完成女儿的文定之礼。

订盟之后是纳彩、纳币（通常合并举行），纳彩、纳币也称"完聘"或"大聘"，除了送女方礼金以外，还有"扛械之礼"，将礼物安排成一列，由挑夫在鼓乐与鞭炮声中的伴随中送到女家，仪式甚为隆重。女方要从聘礼中取出部分回谢男方，并赠女婿一套衣帽鞋袜，以备结婚典礼时穿用。

等到纳彩、纳币的仪式完成后，男女已订终身，就要择吉日迎娶，用"国语"说是"迎亲"，用闽南话说是"亲迎"。这是整个传统婚礼中最繁复和最热闹的一部分。此次"台南市政府"所办理的"清代民俗婚礼仪式"就是将纳彩部分融入迎娶的大礼而成的"亲迎"仪式。

台南市重现"亲迎"仪式

一九八〇年二月十三日是台南市市民的大喜日，这一天，"台南市政府"经过一年的策划，举行了一个三百年前的传统婚礼，掀开了遗失已久的传统婚礼的帷幕，也揭开了"台南民俗文物特展"的序幕。老一辈的台南市市民心中还保有过去传统婚礼的馨香，年轻人虽然不知，却同样地受到传统婚礼的震撼。

二月十三日早晨七点五十分，经过"台南市政府"挑选的新郎郑铎，已经沐浴更衣完毕，穿戴好结婚的礼服和礼帽，在父亲的引导下抵达祖先的宗祠"延平郡王祠"，先行"四拜四叩礼"祭告祖先，并读祝文。

这时新郎站在中央后侧，父母站在前方左右。新郎面内向祖先灵位而跪，由父亲举起酒杯向外作揖，三度洒酒以祭天地，然后手执空杯再作揖，转身面向祖先灵位，换一个斟满酒的酒杯交给新郎，说："今天是你娶妻的吉日，从此你要上承宗祀，下惠家政，望你好自为之！"

新郎跪着接酒说："一切照办，岂敢违命！"

新郎将酒喝下，再四拜四叩才起立，此刻父亲拿起在身旁的画有朱笔八卦的除魔符，戴在新郎头上，新郎步出宗祠，在鼓乐锣声的引导下，骑马带轿在媒婆黄凉的伴随中，浩浩荡荡地向女家出发。这是"亲迎"的一个启端，它的隆重表现了中国传统承宗继祚的重要性，新郎的迎亲不是个人行为，乃是有一个强大的家族背景。

另一边，女家暂设在临水夫人庙，新娘吴艳华清晨四时即起床，穿戴好凤冠、凤袍、霞帔，盛装等待新郎来迎娶。

在新娘准备的过程中，新郎正骑马缓步而来，象征辟邪的彩色米筛，悬挂在轿后，锣鼓愈来愈热闹，沿途民众都跑出来观看，处处响着鞭炮声，一片洋洋喜气。不久，新郎来到临水夫人庙前，由小舅子来请新郎下马。新郎先跪在女家正厅的中央，由岳家神佛与祖先灵位前行祭拜礼。这时岳父母就领着女儿出来，向祖宗禀告女儿的出嫁，念祷祝文，文曰："吴超群之长女，将于今日，归郑氏，敢吉，仰冀昭鉴，俯垂庇佑，谨告。"整个仪式与男方迎亲前的仪式相同，最后父母训之以宜家之道，诸如"以后应谨慎小心，侍奉翁姑""不可违背丈夫的意思"等。

更变传统观感的大事

仪式结束后，女父出门迎接新郎，此时新郎要跪地两拜平身说："婿受父命，来此举行嘉礼，谨听遵命。"岳父回答说："愿遵礼照办！"新郎再度跪地行礼，新娘与侍女一起出来拜见新郎，女家献蜜茶、四果汤、鸡蛋汤、腰子汤等"旬汤"给新郎饮用，均取其甜蜜吉祥圆满之意。

母亲为新娘加巾盖首，新娘为将离家而啼哭，然后新郎在前，新娘随后，由媒人、侍女左右搀扶，掀帘上花轿，开始往男家出发。这时送亲队伍加进迎亲队伍，包括灯、送亲小弟、伴娘、挑夫及送亲亲友。

整个迎亲的行列次序是：迎亲亲友、灯、锣上、鼓吹、伞、新娘花轿（媒婆、伴娘、新郎、送亲小弟分在两侧）、扇、妆桶、南管、送亲亲友。

此时，整个迎亲的行列次序是：

迎亲亲友→灯→大锣→鼓吹→伞→新娘花轿（媒婆、伴娘、新郎、送亲小弟分在两侧）→扇→妆桶→南管→送亲亲友。

这一次台南的传统婚礼，为了激起民众对整个民俗文物特展产生参与感，壮大了迎亲队伍绕街的程序，以临水夫人庙为起点，路经府前路、博爱路、中山路、民权路、西门路、安平路、海安路、中正路、西门路、府前路，最后抵达婚礼的现场台南体育馆。被鼓乐声、鞭炮声，以及传统婚礼吸引来的民众沿途夹道，途为之塞，这一对幸运的新夫妻已经不是个人的私事，而成为牵动台南市民更变传统观感的大事。

在几万人的围观与祝福中，迎亲队伍通过人潮汹涌的街道，抵达了台南体育馆，而体育馆的广场上早已挤满了人，许多人从体育馆窗口探出头来，连体育馆四周的矮墙上都站满了人。

新郎与新娘的婚礼仪式是迎亲的高潮，新娘自前倾的轿中步出，走在长长的红毡上，走向生命的另一个道途，新娘翠头玉簪，莲步轻移，珠动影摇，场内场外都响起了震天的鞭炮声，司仪在鞭炮声中宣布结婚典礼开始。

传统婚礼是动态的民俗大展

主婚人（男女家长）向内站在堂中，新郎登堂站在左侧，新娘登堂站在右侧，主婚人率着新郎新娘祭告祖先。

新郎、新娘在指导下，一拜天地、二拜祖先、三拜高堂、四夫妻相互交拜。男方的亲戚则分成两列站在左右，新郎、新娘拜见亲长，亲戚们各见面礼给新娘，行礼如仪，送进洞房，乐声再度响起，礼炮不绝，婚礼到这里才算真正完成。

在洞房中，新郎掀起新娘面纱，也掀起了传统婚礼的帷幕，让现代人能在喜乐之中看见传统脉流的珍贵所在。

传统婚礼在台南市举行，是一个值得我们深思的课题，在社会、交通、经济的种种转变，已使得传统婚礼的繁缛隆重的传统婚礼不能为现代人接受，轿子和马被淘汰了，改成现代的轿车，嫁妆也被简化，进化成电视、冰箱、洗衣机等电器化用品，甚至结婚仪式简化了。

这是个"现代适应"的问题，但是大抵的程序仍然是古礼衍化来的，我们不必为传统婚礼的消失或改变而痛心。但是如果我们还能知道并了解古代的婚礼，必然可以增进我们对历史演变及文化背景的信心，不致进退失据。从民俗的角度来看，整个婚礼的过程，就是一个动态的民俗大展，它可以让我们看到古人的衣、食、住、行，而文化的根源与精髓也就在其中了。

因此，"台南市政府"用婚姻的传统古礼来揭开为期两个月的民俗文物特展，有最隆重的意义，它让我们体会到我们的传统民俗是一种"动态的文化"，是一种"礼乐的文化"，用意不在于复古，而在于重现它、保存它。

这一次传统婚礼的举行，培养了一对"再生的凤凰"，是台南市存心于文化的"市长"与市民努力的成果。我们也可以由传统婚礼的成功，寄望中国传统文化的再生，也寄望台南文化由此发皇，办好即将兴建的民俗村，为伟大的中国民间文化留下生机，以此为基础，再创辉煌的将来。

卷二 面对当代的风云

我所认识的李敖

今年八月十日下午三点，李敖带着简单的行李到"台北地检处"报到，接受为期六个月的徒刑，他仍然维持了自己的风骨，不要朋友去送他，孤单而又强悍地走进监牢里去。不了解李敖的人会认为李敖失败了，但是了解李敖的人知道，这些俗世的监牢对李敖无损，因为思想的光芒，是任何铁窗所不能隔断的。

我也没有去送李敖，虽然李敖是我最尊敬的朋友，也是我最尊敬的长辈。

第二天，与刘会云一起进晚餐的时候，我们谈起了李敖第二次坐监狱的一些事情。我们本来想安慰她，她却十分开朗，反而安慰我们："李敖去坐牢的时候还是笑着去的。"虽然李敖去坐牢的时候显得那么镇定坚强，丝毫不露出一点伤心的样子，却总让我心里觉得有一股凉意。

我想，在这个世界上没有人能真正了解李敖。我们这些自命为他朋友的人，也只能看到他的一部分，然而有三点是可以肯定的——一、李敖是个少见的才子，他的力学深思，博览今古，光耀的灵感不时闪现，真如万斛喷泉，不择地皆可自出，读书之广，思考之深，是在这个社会中难得一见的。二、他是个少见的真人。他常说的一句话是："宁可做真小人，也不要做伪君子。"他爱憎分明，不肯纵容乡愿和无知，文章如利剑，下笔不留情，但对于朋友和弱者却格外的宽厚。三、他是个少见的细致的人，他的细致不仅仅是表现于他所做学问时的博大精微，巨细靡遗，也表现在他的生活之中，举凡他身边的每一个物件，都是经过精心挑选的，他对人的体贴几乎到无微不至的地步。

我常想，李敖真像一篇好文章，里面有智慧、精心，有近景、有远景，还能没有废词废句。

李敖复出以后，在他《独自下的传统》的扉页上写下了几行字：

五十年来和五百年内，中国人写白话文的前三名，是李敖，李敖，李敖。嘴巴上骂我吹牛的人，心里都为我供了牌位。

这段话引来了很多批评，尤其是卖文章的人更大为不满，但这在李敖只是开了一个小小的玩笑，他的文章常喜欢夸张，喜欢嬉笑怒骂（生活上也是如此），可是就在这些夸张的笑骂里，他传达了他的观念，也布达了他深思后的讯息。读他的文章，就像服食一颗裹了糖衣的苦药，因为他的夸张和玩笑，使那治病的良方显得不苦；又像在沙中有金，必须慢慢拨开沙子才能找到黄金，过程之中就是一种乐趣。

读李敖的人也是一样。一般人眼中的李敖是个顽皮的思想家，也是个玩世不恭的才子。他的四十六年几乎都表现了非常人的行径，做出了许多轰轰烈烈的事迹，其中有许多是别人不能谅解的。他的生活简直变动太大了，但是如果知道李敖，就会了解到他变中有常；有一个不变的理想。这个理想是"得志与民由之，不得志独行其道。……此之谓大丈夫"。但是我们只看到了独行其道的李敖，而没有看到"与民由之"的李敖。

李敖的独行其道，用王安石的一首诗可以形容：

飞来山上寻千塔,

闻说鸡鸣见日升。

不畏浮云遮望眼,

自缘身在最高层。

李敖的"与民由之",我们可以在他十六年前"上下古今谈"的开场白里看到,他自称是"自由中国最大的浪子",然后说:

所谓"浪子"(Bohemia),我的意思是指十九世纪三十年代以后的巴黎文人。他们从穷困中开创新境界,对恶劣的环境不满意、不屈服,任凭社会对他排挤,让他"浪"迹天涯,他仍是要把他的热情和抱负投向社会。他们不在乎人们要跟他"相忘于江湖",人们可以忘掉他,可以让他流浪,但他却不忘掉人们。他要振聋发聩,要追击不舍,最后他要成功,要把社会改造,把人们叫醒——这是他的真精神。

事实上,"浪子"李敖有精神上冲突,他好几次说要到山上去隐居,好好写几部大作,可是当他看到人间不平的世相,又忍不住要横刀亮出他的肝胆,进行"理在情不存"的批评。他一方面心中想着出世,做小乘;一方面又忍不住要入世,做大乘。其实他的理想是"以出世精神,做入世事业"——他所有的事端、所有的横逆都是因此而闯。他当然也有怨愤的时候,但是他很少后悔。在长夜的孤灯下念起李敖,我总觉得或许他说得有道理,他本应是五十年后才降世的人,却不幸早到了人间。

认识李敖是两年前的事,知道李敖却很早。十五年前我在一个民智未开的乡下读初中二年级,每天都被呆板的功课烦得不知如何是好。那时我有一个堂哥在中兴大学读企业管理,他是李敖最早期的崇拜者。每次放寒暑假回乡,行囊里总会带了几本《文星》杂志,闲暇的时候,我就拿出来翻翻,竟深深地被李敖的文章吸引。那时的小脑袋瓜就认为李敖是个言人所不敢言、怒人所不敢怒的人。

那是一九六五年左右,也是李敖的黄金时代。他几乎每写一篇文章就惹火一些人,也换起了更多的掌声,已经是个家喻户晓的人物了。后来他进了监狱,广义地说,差不多坐了七年牢,这时我到台北读书,有机会读到昔时的著作,更加深我能从他文章的表面,看到内部对整个民族文化的危言和忧心,当时只恨吾生也晚,不能认识李敖,甚至连他们有力的文化风潮都沾不上一点边。

直到李敖和胡茵梦恋爱，因为我的采访工作才认识了李敖，他的人和他的谈话都使我吃惊，因为第一次见面就长谈了四小时的李敖，竟不是过去我所知道的李敖。正如他写的《自画像的一章——文章·讲话·人》中说的：

　　　　不认识我的人，喜欢看我的文章。

　　　　认识我的人，喜欢听我的讲话。

　　　　了解我的人，喜欢我这个人。

　　　　我做人比讲话好，我讲话比我的文章好。

　　　　光看我的文章，你一定以为我是一个穷凶极恶的家伙；可是听到我的讲话，你便会觉得我比文章可爱；等你对我有更深一层的了解，你更会惊讶：在李敖那张能说善道的刻薄的嘴下卅二公分处，还有着一颗多情而善良的心。

他说，在李敖家的家门口应该钉一块牌子，上面写——

　　　　内有恶犬，但不咬人。

138

他从恋爱、结婚、打官司，一直到第二次入狱，我们几乎每星期都见面聊天，有时谈到天亮，一起窝着吃生力面。李敖本来没有理由浪费时间结交我这个后生小辈，但是他那样有耐心，总是告诉我一些为人处世和做学问的方法，而我从他那里学到最可贵的一点是勇气。这两年来，他要处理的事情太多了，遭遇的波折与打击也太多了，但他总是保持着冷静，以极冷静、极精密的态度来处理许多琐琐碎碎的事情。他面对极大的压力，但从来没有退缩的神情，总是坦荡荡地迎上前去。

经过这么多事情的李敖，声名当然更响，虽然不一定是好的声名，本来敬佩他的人也纷纷动摇或误解。我就遇过许多这样的情形，在文艺界的聚会里，茶余饭后有许多人破口大骂李敖，这些人本来一提到李敖都会竖起大拇指的，后来竟也变成李敖的压力的一部分，我若极力为他辩解，最后总会闹到不欢而散的下场——这些从未见过李敖的人，编出许多神话来侮辱他。对于许多更年轻的人，李敖更不知道变成一个什么样的面目了？

因此，我觉得有必要翻开李敖的底牌，让我们看看李敖的样子，让我们通过时光的隧道，我们回到十六年前，看李敖为他自己写的简介：

永 生 的 凤 凰

李敖：

吉林省扶余县人，祖籍山东省潍县，远籍云南
省。民国二十四年（一九三五年）生于哈尔滨。

在北平读小学和初一（没念完），又在台中读初
二至高三（没念完），又在台北读台大法学院（没念
完），又读文学研究所（没念完）。

喜欢买书、抽烟、看电影、看女人（有时候不止
于"看"）。

著书七种：《传统下的独白》《历史与人像》《胡
适研究》《胡适评传（第一册)》《为中国思想趋向求
答案》《文化论战丹火录》《教育与脸谱》，皆台北文
星书店出版。

现在身上一身是债、两眼近视、三餐很饱、四个
官司。

本人面目：平凡；特征：没有；脾气：欠佳。

喜说笑话。

勾勒出这个简介时，李敖才三十岁，已经写出许多惊天
动地、掷地有声的作品，这张脸谱是忠实的，从这里我们可

以看出李敖在二十年前，虽因他的叛逆精神，没有拿过一张文凭，但已初具了他成为思想家的雏形，也奠定了他对社会的理想。他认为世界上没有一个天生的理想社会，理想社会必须通过试验与改革，问题是中国背负了五千年的包袱，所以试验与改革更难，必须下猛药。

今年一月，李敖因工作过度，犯了胃出血的毛病，住在中心诊所二〇六号病房，我提水果去看他，他仍然精神焕发，笑着说："没想到你也不能免俗，提水果干什么？"我看他精神好，自然很高兴，他拉开病床旁的抽屉给我看，说："医生警告我不能工作，我还是偷偷地做剪报。"我们谈到十六年前他的简介，他开玩笑地说："现在不一样了，现在是一身官司，两眼发直，三餐点滴，四面楚歌。"

后来又谈了很多生活琐事，他说刘会云又回到他身边来照顾他，显得很快活。谈到文章写作，他只把文章归为三个层次：

一、一时一地的层次

二、中国的层次

三、世界的层次

他说："现在的作家眼光均放在第二个层次，实在眼光太小了。我们要创作出我们自己的，到世界去搞——光在小地方搞，又算什么！”

第二天我随美国《国家地理》杂志编辑到南部去采访，一路上都想着这个层次的问题，想到“眼光放远”，二十年前主张全盘西化的李敖，眼光确有独到之处，那时不知道有多少人围攻他，骂他太保、流氓、疯狗！可是二十年后的今天，形势比人强，李敖的许多论点都不幸应验！但是他为了坚持，也付出不少代价，可见看得远和看得巧，都会使人变成孤独的强者，不免要忍受强者的孤独。

李敖确是个强者，他办到了许多我们在想象里都办不到的事。

他第一次坐牢的时候，就要求把自己关在“黑牢”里，所谓“黑牢”是只有两坪大的房间，用来处罚那些在监狱里惹是生非的人，一般的因犯都怕去，因为在“黑牢”里没有同伴，没有光，没有谈话的对象，只能一个人孤单地沉思。李敖却自愿进去，并且一坐就是五年十个月。

在“黑牢”里的李敖什么都不做。他每天在牢内散步，因为牢实在太小，他只好走对角线，每天走两个小时来维持身体健康。其余的时间，他只好沉思，思考中国政治、社会、经济、文化的许多问题，大大小小、前前后后都想过了。有时闷得无聊，一个茶杯就可以思考一天——这就是为什么他出狱后的文章写得比入狱前更成熟、周延的原因。

后来有人问他怎么样保持青春（他看起来比实际年龄小十几岁），他常开玩笑说："上帝很公平，坐牢的时间他没有算在内。"

牢里的后半期，他可以看书了。他在狱中读完了两套百科全书（大英、大美），还重读了一次二十五史，他不只是读，而是研究。有一次我翻他读的《大英百科全书》，发现每一页都用蝇头小字写了密密麻麻的眉批和感想，这样专注恐怕是人间少见。

今年二月二十六日，李敖刚被判了六个月徒刑定狱。他来我家吃晚餐，说到他怎么度过五年十个月的军法牢，他把自己的生活条件放在生物的最低层次，以维持一点点快乐的心情，他说："在牢里，每星期一、三、五都是'放风'的时间，可以出来见阳光十分钟。每星期二理发，星期四会客，都可以出来一下，这是快乐的事。有时候坐着没事，突然从窗外飞进来一小片报纸，里面的字一看再看，觉得文字真可爱，都可以乐半天。我觉得我最快乐的时候不全在出狱后，有一些是在狱中。"

在牢里他还研究城市，伦敦、巴黎、纽约的街道结构，文化、艺术、社会、经济，都了如指掌，卧游天下，也是一乐。他说："我这一次坐六个月，比起以前是小儿科。"

李敖的强不只表现在牢里。他出狱后住在金兰大厦，把自己封闭起来，在门旁边开了一个小洞，报纸、杂志、食物全从小洞里塞进来。他在里面工作，整理书籍和文稿，六个月不出门一步，不见任何的访客，他称为"闭关"，企图弥补他和社会长久的隔离，他终于做到了。

他的意志和精神力之强，很少人可以做到，他本来抽烟、喝酒、喝咖啡，可是说戒就戒，一日就办到。他长期每天工作十六小时，从未间断，饿了只吃冷冻水饺和生力面，依靠的全是超强的意志力。

入狱前，他又"闭关"了一次，不听电话，不见访客，自己锁在房间里一个月，为的是写他的《千秋评论丛书》，预计在牢里的半年，每个月出一本《千秋评论集》，他在一个月内写完了六本，并且自己设计、编排、做校对。这种超凡的力量，真是叫人吃惊。

他的强更表现在他不怕被误解，他说："一个人只要知道他自己就好，别人了不了解都不重要。"

他是拼命在工作着，拼命地思考中国文化思想的问题，但是仍觉得时间不够。他早年爱看电影，现在也不看了，他说："我不看现代小说和电影，觉得太浪费时间，我喜欢直接的东西，不爱拐弯抹角。"

去年十月二十七日，我们聊到天亮，李敖谈到两个问题，显得有点激动，一个是伟大的人格典型已经没落。他说："这年头缺少伟大的人格典型，像胡适、蔡元培、殷海光、傅斯年等人在中国已不可再得。也看不到有血有肉的好文章，到处充满蛋头学者。现代学者成名以后常常杂务太多，浪费许多时间。胡适晚年就受了杂务太多之害，而且胡适在写日记上花费太多的时间，写文章就少了，思想未能阐扬出来。因此，要现代中国有思想前途，必须产生几个伟大的人格典型，学者还需减少杂务，多写好文章。"

一个是只要维持自我人格就好，不管别人。他说："印度圣雄甘地的太太偷人家的东西，儿子叛教；从印度叛变到回教。林肯的儿子把母亲送进疯人院……许多圣人都有这样类似的事，可是不影响到他的人格。"

我想，少年时代的李敖，是曾经想建立一个伟大的人格典型的，他也努力过，可惜社会和环境没有让他朝这条路上继续走，反而逼他成为文化的顽童。他用美国劳工领袖戴布兹的话说：

While there is a lower class I am in it.

While there is a criminal elements I am of it.

While there is a soul in prison I am not free.

只要有下层阶级，我就同侪；

只要有犯罪成分，我就同流；

只要狱底有游魂，我就不自由。

我又想，历来今外古中伟大的人格典型都是出于不合作主义者，李敖二十年来惹了很多是非，但是到今天，他还没有放弃伟大人格典型的理想，这是他真正强的地方。

许多人和我一样，都非常关心李敖的近况，关心他的第二次牢狱之灾，虽然甘地在牢里坐了两千三百三十八天，戴布兹被判了十年徒刑，最后才得以洗刷。李敖也说："有冤屈的人，必须有赖于'时间的因素'来辩白冤谤，没有当时反击能力的人，他必须设法长寿，练得比他的'敌人'活得更长久。这些话，说来好像笑谈，但笑谈之中，往往有不少白发和眼泪。"

李敖第二次坐监狱已经两个月了，可是没有见过一个访客，连写《胡适杂忆》年高德劭的唐德刚先生远从美国到土城去看他，他都不见。我四处打听，没有人确知他到底过得怎么样。只知道他关在一个电梯大的小房子里，伙食还可以，每天还看书。让我忍不住想到强者李敖理平头在那里来回走对角线的情景。

李敖是我尊敬的朋友，我觉得这样的朋友不可多得，总像在黑暗里点着一盏灯，让我们受到挫折时想到他，就有勇气期待更好的天光。李敖曾在谈到坐牢的哲学时，引用过甘地的一句话："朋友们不需要惦挂我。我觉得自己像一只快乐的小鸟，在这儿所能做的并不比外间少。我留居在此，对我有如入校。"他认为心灵自由的人，在牢里也能像快乐的小鸟，鸟在牢狱外的人，是很难想象的。让我们不必惦挂牢中的李敖，让我们欢迎他回来，为我们写几本鸟巨著。

写到这里，我想起一九五七年李敖写的一首诗《我将归来开放》：

因为我从来是那样，

所以你以为我永远是那样。

可是这一回你错了，

我改变得令你难以想象。

坏的终能变得好，

弱的总会变得壮，

谁能想到丑陋的一个蛹,

却会变成翩翩的蝴蝶模样?

像一朵入夜的荷花,

像一只归巢的宿鸟,

或像一个隐居的老哲人,

我消逝了我所有的锋芒与光亮。

漆黑的隧道终会凿穿,

千仞的高冈必被爬上。

当百花凋谢的日子,

我将归来开放!

自由自在的柯锡杰

　　去年柯锡杰还没有回台湾举办展览会以前，几个爱好摄影的年轻人，聊天的时候就常常无意间就提到柯锡杰的名字，尤其是郭英声回来的那一阵子，我们非常想念柯锡杰，希望他也回中国来开个展览，其实那时候我们压根儿没有见过柯锡杰，只在杂志上看过一些照片，也不完整，为什么大家会那样把他惦着，原因也说不上来。

　　他离开台湾十二年，十二年是一段不短的岁月，使我对柯锡杰产生了一种神秘的感觉。尤其当朋友说起他长得满头白发，脸又红得像婴儿一般，我脑海里总是设计了一幅柯锡杰的图像，他的白发是不是在最适宜摄影的日光下闪着银光？他的红颜又是怎么一回事呢？

我第一次见到柯锡杰是他去年第一次回中国的当天晚上。我们一起吃过晚餐，在南京东路一家门口养了许多虎头鲨的咖啡厅聊天。他刚下飞机显得有些累，一直对我说带那一批照片在海关检查是多么难过的事。他诚恳真挚的谈吐，不像我想的那么神秘，但是他银白的头发真是漂亮得惊人，在橘红色的灯光下，有些炫目的七彩。

从他的银发里，我仿佛已看见他在海外十二年的风霜了。

找最蓝的天空和最白的云朵

我们很自然地谈起他上次回国的摄影展，谈到摄影展，他的精神来了，说："这次展出的都是我自己心中的风景。"

柯锡杰的摄影展从夏威夷到希腊，从欧洲到撒哈拉沙漠（很奇怪的，反而是他最熟悉的美国本土，作品特别少），他风尘仆仆地奔波，所捕捉的虽是天然生成的风景，重要的事乃是透过他的心灵之眼来剪裁眼睛所看到的风景，因此，柯锡杰的作品可以当成是他自我追寻和自我完成的过程。

关于为什么美国本土的作品很少，据柯锡杰表示，他有点厌倦美国的都市文明，想要去找未受到文明污染的净土，去找最蓝的天空、最干净的土地，以及最白的云朵。"我把这些作品拿回来展览还有一个用意，就是对自然污染的强烈抗议，要让国内的人看看什么颜色的天空才是最干净的天空。"

第二天我从新象活动中心借了十七张柯锡杰的幻灯片，到朋友家放映，当他的第一张"威尼斯"打在白幕上时，在座的人都不约而同站起来，一起发出一声赞叹。那是一张蓝色的威尼斯，上方挂了一盏清辉闪照的月亮。"那不是真实的。"我们说，我们走到白幕前看，发现它是真实的——是美得梦境一般的真实。

幻灯片一张一张地打在幕上，西班牙、葡萄牙、希腊、夏威夷、撒哈拉一个一个城市向我们拉近，让我们屏住气，唯恐呼吸声会破坏了画面里的深沉与安静，那时屋子里响着维瓦第的《四季》，我们竟忘了听音乐，一直到幻灯片放完后，才听到维瓦第秋收的喜悦和冬日的萧瑟。我一直觉得看幻灯片比看展览更具震撼力，柯锡杰的摄影震撼，在我们站起来叹息的那一刻就已经充分地感受到了。看完幻灯片我们有很长的无言，踩着夜色回家时，他撒哈拉简单明快的线条还在脑中切割着，他构图惊险的夏威夷海滩也扑面而来，不能抹去。

走出一个更广大的世界

第二次与柯锡杰聊天，是喝完了韩湘宁的喜酒，我们都有几分醉意了，在芝麻酒店，柯锡杰十分兴奋地对我们讲解他的摄影作品，以及他一步步走出来的过去。即使在十几年前，柯锡杰刚刚从日本留学回来，已经为中国台湾的现代摄影敲了第一声锣，那时他对领导台湾摄影潮流的"沙龙摄影"颇为厌倦，对水准不高不能表现个人的写实摄影也觉得无法排解，开始企图另辟蹊径，用单纯的动感来表现自我的艺术。几次不同凡响的摄影个展，带来了很高的评价，但是他挣扎着不能完全满足自己的作品（一个执着的艺术家恐怕永远也无法自我满足吧！），他想要向外走去，走出一个更广大的世界。

然后他到了纽约，过着苦行僧一般追索艺术的生活。曾有很长的一段时间，他每天工作十八小时，培养成了站着睡觉的习惯，最穷的时候身上没有一毛钱，冰箱里都是空的，在那样痛苦的煎熬中，他有了自己的摄影棚，在竞争激烈的纽约摄影界站稳了脚跟——这脚跟一站站了八年。

在纽约的商业摄影界，柯锡杰拍过无数成功的作品，也塑造了许多知名的模特儿，但是他仍然挣扎着，他说："模特儿虽美，不是我内心要的美；模特儿经过灯光和化妆的处理出来的总有假的成分。"

他之所以在摄影棚内奋斗了八年，也不纯粹是为了生活，他说："每天和世界最美的模特儿相处，我舍不得离开。"从这句话可以看到柯锡杰的天真浪漫。

但是再美的模特儿也不能困顿柯锡杰追求自我艺术的完成，一九七七年是柯锡杰的转折点，他卖掉辛苦挣来的摄影棚，出售了汽车，割舍了美丽的模特儿，也抛开了愈来愈高的收入，开始踏出繁华的纽约社会，去追寻自我的完成，他说："我想环游世界，去拍出我的内心世界。"

严格追求完美单纯

柯锡杰把他自己的摄影作品展示出来，让我们看到了壮阔开朗的世界，柯锡杰的不可思议不只在他作品中表现了宁静的力量，也不只是他对自然的敏锐观照和取舍，而是他对摄影艺术要求的严格，不论是构图、光线的捕捉，或是技术的要求，都要求到没有瑕疵的地步，他为我们带回了一个摄影家严格追求完美的典范。

柯锡杰的风景寻找非常单纯的世界，应该是看遍了世界各地的奇山大水所提炼出来的单纯；他的作品又非常具有现代感和个人风格，应该是吸收了许多现代艺术的精粹，经过个人心灵的锤炼才能得致。

他说："拍风景照片是算术里的减法，我们看到一幅风景一定要经过严格的内心的取舍、选择，只取出最精粹的地方。"

他又说："我经常看好的艺术，看坏的作品会把眼睛看坏了。"

本来去年展览过后，柯锡杰想再去撒哈拉住几个月，去拍一套"柯锡杰的撒哈拉"。他对极热、极冷和极险的地方都有极浓厚的兴趣，自然常从极端移动到另一个极端，他说："极端的生活可以考验艺术家。"

柯锡杰在撒哈拉沙漠的摄影，使我们感知他对摄影的热爱，他说，撒哈拉一望无际，只有一片黄沙，很少看到人，让他忘记了都市里常使人厌倦的应酬，一天一食，不亦乐乎。唯一使他流连的是风景。"我之所以在撒哈拉工作得快乐，就是因为我爱摄影。"

第二次撒哈拉没有去成，柯锡杰竟又回来了，原因很简单："台湾的女孩子真使人迷惑。"这一回不是在沙漠中千里迢迢地去买瓶啤酒喝，而是奔驰万里醉倒在温柔乡里了。

当然，温柔乡里也不能忘记摄影，柯锡杰计划拍一组台湾的风景照片，拍一系列人物的照片，还要拍一些别的东西，他说："我喜欢自由自在的生活，不爱自己给自己规定得很严格。"

虽然是这样自由，一投入工作状态时，柯锡杰就变得很严格，要追求一个完美和单纯的世界——摄影是柯锡杰的哲学。

人与摄影一样迷人

与柯锡杰常常见面，聆听他谈艺术与生活，感觉他的天真、开朗、热情、风趣——柯锡杰的人和他的摄影一样，都是迷人的。

但是柯锡杰的人和摄影还是有不同的地方。他的作品表现了一种理性雄大的气魄，里面显得十分冷静、平淡、深沉。可是他的人却非常热情，只要有他在，就好像有一盆火，一下子把大家都烤热了，有时候，他甚至像孩童一样活泼佻达。

有一次他谈到，他是狮子座，在艺术的世界里他要做个王，其他任何世俗的名利都无所谓了。但是他要别人正视他的艺术，他说："当我被冷落的时候，不必五分钟，我就打瞌睡了。"他演讲，人愈多讲得愈起劲，人一少有时反映不够，他讲两三下就收场了。

不久以前，柯锡杰的热情曾被冷落，他独自伤感地跑去基隆，半夜找不到地方住，就睡在码头的石椅上，看着月亮沉思。睡到半夜冷起来了，柯锡杰发现他的身边睡了一条土狗，他说："我本来想另外找一个温暖的地方睡，可是看土狗睡得那么安详，它又那么孤单，那么可怜，就一边擦身子取暖，陪着它。"

凌晨三点多的时候，土狗睡饱了，摇摇尾巴离开，柯锡杰才找到一部没有上锁的客运车，在里面睡了一夜。第二天醒来阳光普照，想到人世的挫折与不如意都是微不足道了。

柯锡杰对我说这一段土狗的故事时令我相当感动，他是对万物都有情的那种人，这情又是那么真挚，一点也没有造作。

最近他为得了癌症的画家席德进拍照，带去四张"八乘十"的大底片，他要拍的是席德进没穿衣服的照片，但一时还说不出来，（席德进胸前开了四刀，接了一条管子出来）。

156

他说:"我拍了前三张照片,席德进的表情很凝重,要拍第四张的时候,我提议拍脱衣服的,席德进提着流出他胆汁的瓶子笑了起来,我赶紧抢下那个镜头,高兴得不得了,因为这最能表现一个坚强的艺术家与命运的搏斗。"结果是,高兴得过头,柯锡杰还没有取出底片就先拿下镜头,那最精彩的一张曝光了。

谈到这件事,柯锡杰又捶胸又顿足的。其实,他一高兴什么事都做得出来,他聊天聊得痛快,会在宴席上不顾一切地跳迪斯科;他喝酒喝醉时,有时脱到赤裸裸为止,有时连裤子也脱掉了……

他真是一个难以简单形容的人,因为他常做一些令人意想不到的事。他年轻的时候逃过兵,逃兵时又饥又冷,竟把所剩的钱拿去听一场音乐会,他坐过牢、服过劳役,提起这些往事没有丝毫抱怨,还高兴得笑呵呵的。

去年回来的时候,他突然跑去看相别十二年的初恋情人,看得心有戚戚。他去探访老朋友的墓,会突然跪地痛哭,悲不可抑。

回来以后,他时常换地方住,搬家的理由有的是"太吵闹,没有地方沉思",有的是"太安静,没有音乐陪",真搞他不过。

他脑子转得太快

柯锡杰刚回来就说要弄一个摄影棚，有一阵子要设在阳明山，因为太潮湿，怕底片会弄坏，就想设在台北市。可是问题来了，柯锡杰找遍台北市，找不到一间十五呎高的房子可以做摄影棚。

他说："这里的摄影棚高度都不合标准，拍高一点的东西就不能拍，像舞蹈，没有十五呎高根本就不能拍的。"

因此，他的摄影棚特别麻烦，要与建筑商人商量，另外盖才行——他原来也有非常精细的一面。

柯锡杰的人和他的谈话一样。他谈事情可以毫无头绪，东谈一句西扯一句，句句都是高潮，谈到最后，一把抓起来，原来每一句都是有关联，原因可能是他脑子转得太快，说话跟不上。

譬如他在大谈性和爱的时候，会冒出一句"她的胸部实在非常小，但很美"，或者"我们的少年性教育不行"，或者说"皮肤接触根本很难沟通"，甚至于说"沙漠拍照太累了，我是有女人陪着做爱才去的"……诸如此类，最后大串联的时候，可以想见有多精彩。

他十月要在版画家画廊开展览，现在都没有作品，他一点也不着急地说："没有作品很简单，不展览，画廊排期我也不管。"

柯锡杰一直扮演着流浪者的角色，他很少安于一时一地，自然也无法安于家庭。有一次他很感慨地说："我这一辈子自由自在，没有什么遗憾，唯一遗憾的就是，对不起我的太太。"

他有时真是坦白可爱得一塌糊涂。

我想，从柯锡杰的银发可以看到他在艺术的奋斗和执着，从他的红颜又可以体会到艺术家的天真与童心。看过柯锡杰一眼就会留下他的形象，就像看他的摄影一眼就不能忘却一样。

他自由自在，像一只飞翔中的鸟，飞近了，你可以贴近，飞远了，你可以记得——原因很简单：柯锡杰是个有血有肉的艺术家。

斧里乾坤大·刀中日月长

——朱铭和他的木刻

朱铭从通宵乡下的小木刻师傅成为大木刻家已经很多年了，这期间他的艺术有很多变革，但是这种变革都有脉络可循。就好像我们拿一把锯子从树顶上锯开一棵树，那树的轮廓非常明确的，一直锯到根部，都可以看到它的成长。

我们如果用斧头直直劈开那棵树，效果也是一样的，只要我们找出树的一片就能推想出树的巨大与形貌。

现在，我们就用横面与纵面的道理来看朱铭。

朱铭在童年、少年、青年时代和一般乡下人没有什么两样，小时候给人放牛，和童年的游伴捕鱼抓虾、黏蝉找鸟巢，甚至打打弹珠陀螺之类的。他的童年生活的广阔场景，虽然在当时不一定有艺术的启示，却为了开朗的民族艺术打了一层良好的底。

他的少年时代，由于战乱和家境的关系，不得不去给人做学徒，在严格的学徒制度里，他可以说，进入了传统，并且锻炼了传统，他循着学徒的道路走，也必然会成为千千万万优秀的木刻工匠之一，其实在无形中，他已经在传统的大环境中浸润，永远都受到了影响。

青年时代的朱铭，由于待人和蔼、处事周到，在木刻里又下了很大的功夫，他一跃而起成为通宵小镇上最好的木刻师，但是他还时常与别的师傅相互切磋，并且虚心请教。——他从十五岁开始做木刻，默默地在小镇里刻了二十三年，到他第一次开展览，已经两鬓与胡子都冒出白丝了。

我常想，朱铭从童年到青年时代与大自然生息在一起，和乡土人物共呼吸，是他非常重要的一个横面。我们回视中国雕刻艺术的传统，一直有两层主宰艺术成就的特色：一是生息于大自然的特色，也就是中国雕刻中人像与物像占同等地位的原因。二是中国雕刻独立创作的特色，它有时用来表现宗教和建筑艺术，但是并不屈从于宗教和建筑，而是以大自然作为最高的原则。

朱铭木刻艺术的源泉可以说是基因于这两个特色，由于这两个特色使中国的雕刻史上留下许多不朽的作品，但是也由于这种特色，中国雕刻的过去并没有产生出什么留名的雕刻巨匠，像米开朗琪罗或罗丹之类的，这是因为西方的雕刻一切以人为本位，而中国雕刻，雕刻者只不过是与大自然涵融的一部分罢了。

民间生息的大背景

从横面上看，朱铭是具有民间生息的大背景的，但是他又不能满足于那样的大背景。在朱铭的少年时代，台湾最著名的雕刻家是黄土水，朱铭就常问他的师父李金川："我将来是不是有可能像黄土水那样到处去展览？"师父叫他安心雕刻，等下一辈子吧！这个答案令少年朱铭感到迷惑。

表面上看，朱铭是乐天知命、淳朴忠厚的，但是在内心中他却十分固执，不肯被命运束缚。有一次，朱铭和我谈起他的少年时代，其中有一件事很足以反映朱铭这种固执的性格。

十四岁的时候，朱铭到附近的一家杂货店当小弟，帮忙看店和送货。因为朱铭勤劳和待人和气，使那家杂货店的生意十分兴隆，附近的人都爱向朱铭"交关"，不到一年的时间，本来生意冷淡的杂货店，不但扩充店面，而且一间店面变成两间店面，村里的人都对朱铭刮目相看。

店主有一个与朱铭同年的女儿，出落得十分标致。店主很喜欢朱铭，有意把女儿许配给他，朱铭本来也很喜欢那个女孩，只是那个时候年轻，并没有一定要娶她为妻的意念。

多事、喜欢热闹的乡下人纷纷传言着：朱川泰（朱铭的本名）要入赘给杂货店老板当女婿了，朱川泰这个少年不错，给招了以后，杂货店就要传给他了。甚至与朱铭同年的玩伴也常常拿这件事取笑他。

因为这样，朱铭离开了那家杂货店。

少年的朱铭是有壮怀的，认为自己的前途要自己开创，妻子也要自己找，他不愿去求别人命定他的道路。这种性格反映在雕刻上，就是多姿多彩、不肯妥协的面貌。

我们再来看朱铭学习木刻的纵线发展。他十五岁的时候拜在雕刻师傅李金川的门下，李金川是二十几年前苗栗通宵最有名的木刻师傅，他所传授给朱铭的不只一些教材，而是一个传统，他先画了画稿，教学生按照那个画稿临摹，并且用刀来表现，他教授的刀法乃是我们在寺庙中、在神案上习见的细腻、光滑、八面玲珑、没有瑕疵的雕刻法，朱铭至今还保存了李金川师父的画稿，我们几乎可以从他遗留下来的画稿体会到一种细致、精确、动人的精神。

学徒时期的朱铭，一面学习民间雕刻的深刻传统，一面又向往做第二个黄土水，刻自己想刻的东西——这个向往，使他日后没有成为"黄土水第二"，却成为"朱铭第一"。很显然的，李金川使朱铭有了相当好的刀法基础，他并且在后来的二十几年中能依靠这套功夫维生。

刚出师的时候，朱铭没有什么挣扎。他安心地生活在通宵小镇，很快地闯出他的正字标记，成为当地公认的最好的木刻师傅，他那时候拿的薪水是一般三个师傅的总和，可见乡人有多么的器重他。

决定改变命运的道路

朱铭是不能满足的，干了二十年师傅，他终于决定改变命定的方式，拒绝了高薪的聘请，放弃了二十年打下的基业，携着妻子儿女到台北，拜在杨英风教授的门下。他面试的作品是《慈母》和《玩沙的女孩》，一件刻的是他母亲，一件刻的是妻子。杨英风毫不豫犹地就收了他当学生。

　　朱铭再次从学徒做起，成为杨英风家的一分子，跟着杨英风做泥巴、翻铜、到国外去做包工，太太则帮老师煮饭、打扫、无所不做，那时候他们时常穷得没有米下锅，时常有人出高薪聘朱铭当师傅，他们都拒绝了。

　　第二次的学徒经验从一九六八年开始，朱铭学习到和过去完全不同的艺术历程，杨英风教给他三件法宝：一是加强他对自然的信心和认识；二是在技巧上返璞归真，在该停的地方停；三是运用大刀阔斧，做写实的舍弃和简化。

　　就在杨英风的教导下，朱铭用刀把过去的技巧一块块砍落，木质的天然造型也就慢慢显现。一直到一九七六年朱铭的第一次个展，才一鸣惊人，奠定了他在中国现代木刻的重要地位。

　　了解了朱铭纵横的经纬，我们就比较能体会他后来一变再变的原因，我认为一个艺术家至少应该具备三个条件：一是创造才华，二是持久的耐力，三是坚持的热情。朱铭同时具备了这三个要件，我们用这三个要件的交织，来看朱铭后来的变化。

　　朱铭的第一次展览，展出他早期刻的《母亲》《玩沙的女孩》《小妈祖》，以及后来慢慢转变的《至圣先师》《武圣》《领袖》，还有根据童年时代的回忆的《牛》《鸡》《牧童》《同心协力》等等，这个时期的朱铭是写实的。

那时候，朱铭的出现是国内艺术界的震惊，大家在欣喜之余，肯定了朱铭的成就。

当大家在为朱铭喝彩的时候，他变了。他开始整理"功夫系列"，把具象化为抽象，将写实变成写意。于是，对朱铭的议论纷纷，许多人说朱铭不应该丢掉牛和鸡，许多人说朱铭不应该向西方学步，大部分议论朱铭的人都基于情感的因素，认为朱铭是泥土里来的，不能离开泥土的题材。朱铭还是朱铭，他不理会别人的批评议论，只是用他的刀，一刀一刀刻出别人对"功夫系列"的肯定。

一直到大家认为"功夫系列"也是好的，也是中国的，也是泥土的，也是朱铭应走的路，原来批评他的人为他鼓掌，原来不能谅解的人也为他喝彩，这时，朱铭又变了。

朱铭花费很长的时间和心血为林口警官学校雕刻了一座精神雕像。这是朱铭造型最大、花费时间最长的一件作品，有两层楼房那么高，刻的是一个警官从火中救出一个小女孩，融贯了朱铭的写实与写意、具象与抽象，充满了力量和美感。这件作品仍不免引起讨论，有的人认为朱铭是一个雕刻家怎么会落到为警官学校做塑像？有的人认为那是所有学校门口的塑像中最好的一座，遇到讨论的人，我总是叫他们到门口去看看，直到为那宏大的气派赞叹为止。

刻完"警官"，朱铭到美国住了几个月，他又变了，他不但刻中国人，也刻美国人，刻中国的老婆婆，也刻美国的摩登少女，他甚至还在作品上涂荧光漆，这一系列的作品取名"人间"。朱铭几乎丢弃了过去所学的一套，用一种随兴的自由的创作态度，呈现他对社会和现代人的观照。

一方面，他刻了一组鸡，留下更多木头的纹理和形状。

"朱"是正字标记，"铭"是不断地刻下去

朱铭的新作有很多人在谈论，有人认为失败，有人叹为观止。朱铭仍然是朱铭，不管别人，只按照自己想刻的刻。他还是和初出道时一样谦虚、淳朴，却多了一种稳定的自信。

我觉得，朱铭还会再变。不论如何，肯突破自己的艺术家，总留了更好的可能。

朱铭还会往前走，往现代走，不管怎么样，肯走的艺术家总会逢山开路、遇水搭桥。

朱铭就是朱铭，"朱"是正字标记，"铭"是不断地刻下去！

杨妈妈和她的子女们

　　无意间，我看到六龟山地育幼院的户口名簿，厚得不能再厚的一本，拿在手中沉甸甸的，像是一本长篇小说，每翻一页都是一章高潮，都是几个动人的故事。

　　事实上，那本户口名簿的故事不是一个长篇可以写完的，只能作为这个大故事的提纲，因为里面记载了一百二十几位孤儿的生辰年月，也记载了十几年来一群孤儿不向命运低头，垦荒拓土，在废墟中建立家园并重建自己的宏伟故事。最重要的是，它说明并印证大时代的爱——一种无私的大无畏的爱。

　　坐在山地育幼院的客厅里，手中拿着一百多人的户口名簿，我竟不知不觉地出神了，窗外流进来一串长长的笑声才把我响得回过神来。

从窗口望出去，小孩子们正在窗外热烈地玩着跳绳的游戏。那是我年幼时常玩的一种，由两个小孩在两边牵着，节节升高，每当有人跳不过那绳子，就要替换旁边牵绳的小孩。他们一直往上跳，并不断地替换着，从那样单纯的游戏中得到兴奋与喜悦。就在跳绳场的左侧，有一个用竹子搭成的花架，九重葛正怒放着红花。再远处是永远不停流着的荖浓溪，一亩迭着一亩的水绿禾田。在无尽的远方，一抹山色向两边开展出去，天蓝得透明。

风景从窗外涌入，笑声与户口名簿冲击着我，使我禁不住踱到窗口去。我想着，是什么把这些辛酸的身世化为笑声？是什么使这些无恃的孤儿能生活在如此优美的环境？是什么使户口名簿上的零碎记载凝结成一股温暖的愿力呢？

是杨妈妈，杨妈妈是育幼院的院长，从她手中疼惜着拉扯着长大的孤儿不知道有多少。她是那样谦和、坦诚而充满热情，她是博爱的化身。

杨妈妈所传播的大爱，就像永远不停地流着的荖浓溪，像农人一锹一锄垦拓出来的稻田，像怒放得火一样红的九重葛，像缥缈却稳重的远山，也像透明得晶莹的蓝天。

"大哥哥，要不要一起来跳绳？"

一位被阳光晒成古铜色的小孩在庭院中唤我，把我从出

神中唤醒。然后我加入了他们跳绳的行列，竟如同回到我的
童年时代，和兄弟们在晒谷场上跳绳一般。

白云深处有人家

要到六龟山地育幼院不容易，我们是搭高雄客运车直奔
六龟，那是夏日的早晨。

阳光在车行中突然从山坳的远方涌冒出来，一下子近处
的田园屋宇和远方的天地山河，都披上了生命的光亮，鸟雀
在林中轻巧地唱歌，松鼠在茂林中奔跃，老鹰拔天飞起，田
的绿叠着山的苍郁迎面跑来——我们的车子正在颠簸的路上
走向山林深处。

隧道接着隧道，每一个隧道的出口都是那样晶明，耀目
的光亮一直要亮到山里来，出了六号隧道，左边的十八罗汉
山棱角分明，叠石磊磊，在阳光下生出许多明暗变化，是神
工鬼斧猛力劈出来的天景。

客运车抵达六龟镇上，这个在我早年的记忆中相当落后
的乡镇，已因南部横贯公路的开发，带来了不可思议的繁荣，
我们问明去路，开始向山上步行跋涉，沿着荖浓溪，月桃花

盛放着，并在空气中洋溢着山野特有的清香，走了三公里路，才看见山地育幼院坐落在荖浓溪的对岸，走过摇摇晃晃的吊桥，在门口，我们就听到儿童快乐的笑声，伴着荖浓溪一直向下游流布出去。

六龟山地育幼院的环境是可惊的优美，它高高地雄踞在山上，东边是已经开辟成观光区的"不老温泉"，温香水滑；西边是"蝴蝶谷"，春天来时走过会有群蝶飞扬，谷里还有一炷永不熄灭的地油火炷；南边是"十八罗汉山"，是台湾少见的石堆山；北面则是宽广清澈、终年不干的荖浓溪，溪上有吊桥，桥畔有人家。

杨妈妈告诉我，包括现在已建了屋舍的两甲地，以及开辟成鱼池及种满果树的六甲地，都是一九六五年以一坪五毛钱标购到的。

她说："那时一坪地只有一杯冬瓜茶的价钱。"也可以想见到这块地当年是多么的荒凉。那时连吊桥都没有，杨妈妈和她的先生杨熙牧师，就带着他们的二十四个儿女爬山涉水，迁居到这块荒凉的土地上。

每天天一亮，杨妈妈就背着还在喂乳的孩子，扛着锄头，把泥土里的石头一块一块挖出来。土里全是石头，一层一层地挖下去，她的手因为长时期的拿锄头挖石头，手脚全都是大大小小的伤口，血与汗都渗在她要为孩子建家园的这片土地上——刚搬来的那几年，杨妈妈手脚的伤口从来没有痊愈过。

放假的时候，她就带领大孩子们来挖石松土，把石头堆在溪边，从溪里挑水来灌溉，种番薯、种果树，将这一块贫瘠到一坪地只要五毛钱的地方开垦了出来。

六龟乡里原来不信那块地可以耕种的乡人，也相信是爱的神力使石头里开出花来，我走过那一块现在已经成为果树林的土地，依然可以感受到锄头往下掘的力量，人的信念、希望与爱心的无限坚持，恐怕再顽强的土地都要屈服的吧！

杨妈妈是大家的妈妈

尝遍了二十七年艰辛的杨妈妈，现在年纪已经不小了，但是身体还相当劲健，她像台湾农村里那些长久为爱付出的村妇，那样亲切、纯朴而动人。她的声音因为教育一百多名儿女而沙哑了，却依然是虔诚而有力量。

杨妈妈本名叫林凤英，从小生在山林，她是新竹山地里的泰耶鲁族人。和她的族人一样，杨妈妈的童年和少女时代过得相当贫穷艰苦，必须用很多的劳力工作才能换取三餐的温饱。那时，她对未来生活虽有满怀憧憬，却因生在那样的环境里不敢有任何奢想，她单纯地过着山居的日子，一直到遇见杨熙牧师，整个生活才起了微妙的变化。

她谈起她和杨牧师初识的日子，说："那时他在台中师范学校教书，常利用课余时间到山上来布道，他把薪水都用来济助贫苦的人，我就是因为家里接济而认识他的。后来我常陪他到各地去奔波，我觉得他是个伟大的人，我向他学习帮助别人。我们结婚那年是一九五一年，我才十七岁。"

谈起那段爱情，没有什么惊涛骇浪，它是那样平淡，平淡得如一泓溪水，杨妈妈掩不住喜悦，脸上的神情像溪水一样清澈。

"认识他以后，我才真正看清了山地人的生活是多么苦，尤其是许多可怜的没有父母的小孩。我希望为我的同胞做一点事，但是那时还不知道要做什么，要怎么做，只希望将来有机会做……"

后来，杨牧师调职到六龟乡，他们终于开始做了，一九五三年，他们的第一个儿子出生，取名杨子江，杨妈妈同时收养了一个哑女，取名林路得，同时哺育两个子女——一个是亲生的，一个是收养的，但她一视同仁，对孩子付出同等的爱。

那时杨牧师主持六龟教会，杨妈妈在教会当护士。山胞们孩子生得多，有时生了六七个，山地没有医疗设备，他们常把病儿送到教会医治。有时丢下孩子，人就跑掉了，有的是被丢在荒山里的弃婴，路人抱来教会。孩子来了总不能不管呀，来一个养一个，来两个养一双，一九六八年，他们已经有十七个儿女了。可是，教会这么小，收入这么微薄……杨妈妈引了《圣经》里的一段话说："有些事，你们既然做在我弟兄中最小的一个的身上，就是做在我的身上了。"

杨牧师夫妻觉得儿女们养在教会不是长久之计，开始寻找孩子们的安身之地，最后终于以最便宜的价钱标到了一块荒地——这期间他们又收了七个儿女。他们带着二十四个子女和两条土狗，从教会搬家到了没有人烟，只有鸟声；没有邻居，只有山林的"家"。

杨妈妈永远记得带领这群孩子渡河登山，拥着他们说："孩子，这就是我们的家。"那种在荒凉中带着希望的情景。

大自然就是我们的希望

一九六六年，他们草创了一个简陋但生机洋溢的家——

所谓"家",只是墙上钉了木板,屋上盖了茅草的屋子,是杨妈妈一块一块搭起来的。她说:"小时候的生活使我什么事都可以做。"

他们居住在简陋的"家"中,刮风下雨的时候,屋子常常漏水,她和杨牧师夜里抱着孩子搬过来搬过去,怕他们淋到雨,一折腾就是一整个晚上。那时也没有厕所,小孩的大小便都在后面的山林里解决的。也没有浴室,洗澡就在茗浓溪里。对外没有交通,出入都要爬山谷走河流。他们是真正过着和大自然紧紧相依的日子,杨妈妈充满信心地对儿女们说:"大自然就是我们的希望。"

刚搬去的时候,连吃都成问题。杨妈妈和孩子们每天吃地瓜,有时逢下雨,地瓜发芽,孩子们吵闹着不肯吃,做妈妈的也没有办法,一面心疼一面难过,自己慢慢地嚼着那些孩子们不肯吃的地瓜,其沉痛的心情是可以想见的。

即使经过二十几年到今天,情况改变了不少,吃仍然是他们的大问题。早上给孩子准备馒头和小菜,每天都要凌晨三点起来做;中午和晚上至少是三菜一汤,有鱼有肉。杨妈妈说:"光是米,一天就要吃掉八斗。"每天还要给孩子们吃糖果和水果,期待他们长得健康而强健。

这些大自然和无私的爱孕育出来的孩子,也不辜负父母的期待，个个都长得黝黑健壮。去年的六龟乡运动会上，育幼院一共拿了二十三个冠军，金牌和奖状挂满了墙壁。这也难怪，因为他们每天上学就要早晚走四十分钟的山路，是一点一滴锤炼出来的。

一直到一九六九年，荖浓溪上悬起了一条对外交通的吊桥。杨妈妈记得落成的那一天："孩子们在吊桥上跑过来又跑过去，高兴得不得了，我也放下了一颗心，因为荖浓溪到夏天水势湍急，小孩子过河很危险，那时他们才能安安全全地去上学。"

在山林里，危险是很多的，除了水急和台风外，山中到处都有毒蛇，山边还有一个很陡的斜坡。可是十七年来，从来没有死过一个小孩，也没有小孩被蛇咬伤，杨妈妈说："这应该感谢神的照应。"

我是只小小鸟

想起从前，杨妈妈为了整地，为了给儿女吃穿，她常常变卖饰物，最苦的时候甚至把结婚戒指都卖掉了，然后就是到处借贷，有了钱再还。她对孩子们的爱确让人感动，而她的爱是自然流露出来的。我们从她收养的一个女孩，可以了解到她办育幼院的心情。

一九七二年的妇女节，是个刮大风下大雨的日子，杨妈妈正在家里带小孩，突然接到高雄市冈山警察局的电话，她拿着一把雨伞匆匆赶出门了，乘车前往冈山去。

原来有一位冈山镇民在菜市场上捡到一个女婴，长得很漂亮，本来想带回家自己养的，没想到打开布包却是没有双臂的女婴，只好把她送交警察局。警方开始打电话到各地的孤儿院，并且张贴领养告示，都因为没有双臂而无人认养。女婴在警局里三天，他们才试探性地打电话给杨妈妈。

坐在从六龟开往冈山的客运车上，杨妈妈的心里一直在挣扎，她想："小女孩没有手，我恐怕不能养，不能要！"

可是当她坐在冈山警察局里看到那个女婴，忍不住流下泪来，说："我要了。"

杨妈妈对我说："她那么可怜，我不要，谁会要呢？而且，人一生下来就是神的恩典，任何生命都不能放弃。"回到育幼院，杨妈妈便为这个无臂女婴取名叫杨恩典，她用几倍于其他小孩的心力照顾她，教她用脚拿毛巾擦脸、拿茶杯喝茶，甚至拿毛巾洗脸、拿牙刷刷牙。

杨恩典在无微不至的呵护下，慢慢长大了，今年已经八岁了，长得聪明伶俐活泼可爱，和其他小孩玩在一起。杨妈妈每天看着她，又是疼惜，又是喜悦。育幼院除了杨恩典是残障，还有几个低能的孩子，杨妈妈花在他们身上的爱特别彰显，她说："任何一个孩子生下来都应该有衣穿，有饭吃，有屋住，有玩具，应该受教育，应该有人爱他们……"

杨恩典很沉默，她仿佛感知自己的命运。那天下午，我坐在花架下，突然听到她用稚嫩的童音唱着："我是只小小鸟，飞就飞，叫就叫，自由逍遥，我不会有烦恼，我不会有悲哀，只是常欢笑。"看着花架上的红花绿叶，我的整个胸腔都为之翻动起来。

回响在大苦林的歌声

过去，我曾经做过许多孤儿院的社会服务工作，也访问过其他孤儿院，虽然都是爱心人士创办的，但是里面的小孩子总让我有种奇怪的感觉，不像六龟山地育幼院让我感到正常而健康。到底是什么原因呢？我想着。

夜里与孩子们一起生活，我找到了答案。与小孩子们一起吃过晚餐，育幼院的老师就带着他们到宽阔的大操场里，尽情地唱歌跳舞,他们围成一圈跳土风舞,不分年龄大小,全都跳得津津有味,可以自由找舞伴,有许多小孩子甚至邀请老师当舞伴,表现了极为惊人的风度。有些顽皮的孩子在音乐声中大跳迪斯科,比在一般家庭长大的孩子还要活泼。

跳完舞,大孩子们做功课,小孩子们自由玩游戏,自由歌唱。山地的小孩子真是有唱歌的天才,他们坐在花架上弹吉他、唱歌,仿佛永远不觉得疲累。十八位引导孩子的工作人员都充满了爱心——因为他们都是从各地自愿前来的年轻人。

据前面的一位刘行健老师告诉我,育幼院的教育采取的是"自治"的方式,由大孩子带小孩子,以兄弟姐妹相称。他们相爱相敬,无形中有一种亲和的大秩序,小孩子就在这个秩序中成长。山地育幼院教育出来的孩子,没有一个变坏的,有的当了"乡长",有的在服兵役,还有的出嫁,但是他们常回来探望杨牧师和杨妈妈,看看老家,看看弟妹。

吃饭的时候,由大的喂小的,小的喂更小的,更小的孩子把剩下的饭喂黄狗。刘老师说:"大家都自动自发的,从来没什么问题。"

他们的群体合作也表现在工作上,洒扫庭除、种花除草,都是大家一起来,因为在杨妈妈的教导下,孩子们都知道只有团结才会生出大力。

晚上我睡在育幼院中，虽是夏天，却到处有春的气息。育幼院一片宁谧，凉风习习吹来，我清楚地听见著浓溪水流去的声音，黑夜的溪水声格外清明，就如小孩子的歌声一样，不停地流下去。这个原名叫"大苦林"的地方，因为有爱与歌声，改名为"东溪"。

你们若不回归孩子的样子，就不能进我的国

清晨，院里还是一片薄雾，起床的哨音就已经吹响。我看看表，是五点半，院里响起一阵乒乒乓乓的声音，才一会儿，他们已经排好队在大操场里升旗、唱国歌——他们的唱国歌声清脆而嘹亮，唱出了丰盈和喜乐的一天。

然后是祷告、查经、跑步、扫地、吃饭、上学，一切井井有条，当他们都穿好整齐的制服浩浩荡荡地走出门口时，早晨的阳光正好从东方普照着这个美丽的地方，小孩子笑着闹着，脸上也满是阳光。

我想起《圣经》里的一句话："你们若不能回归孩子的样子，就不能进我的国。"这是基督教办的育幼院，我平时是个无神论者，只有看见孩子们列队笑着走出院门，才让我真正

感知宗教的力量。

山地育幼院在这里已经办了十几年，但是一直到一九七一年才引起社会的重视，慢慢有人自动来帮忙了，有许多公家机关送来他们的饮食；台南亚航公司捐献抽水的帮浦，解决了一百多个孩子最基本的食物和水的问题；屏东的一位吴知更先生捐了一个礼堂；高雄的张雅玲捐了餐厅；洪建全基金会为他们盖了一座现代化的厨房；高雄炼油厂送了两个冰箱……

一九七三年，蒋经国先生来山地视察，指示建造一座水泥桥和一个水泥的大操场。到了一九七六年，育幼院的设备才堪称完备。

但是杨妈妈告诉我："我们还是希望用自己的力量来养育这些孩子。"因此，他们省吃俭用，在山脚下盖了一座停车场和福利社，以供给到附近游览的观光客休息，用赚来的钱维持庞大的"家计"。

"另外，我们也种香菇、木耳和水果，以及养鱼、养猪，能想到的都去做，希望给孩子们更好的生活，希望能收容更多无家的孤儿。"

杨妈妈带我去看他们多年垦拓出来的田园。现在都已经到了收成的时候，当小孩子吃到自己辛苦种植的水果，和好不容易养大的鱼，我相信，他们一定更能体会"要怎么收获，先怎么栽"的道理。

杨妈妈说："你现在看到的东西，都是从没有到有，这还是要感谢神赐给我们的力量，光凭我们是办不到的。"

我看到他们在一九六六年盖成的第一间茅草屋，现在已经作为仓库，苔痕沧桑，我想到，他们竟然能在这座茅屋中相守几年，这难道不是宗教的力量吗？

思天下有饥者，犹己饥之也

早期的院童长大了，离开了"家乡"，现在的院童生活在幸福的环境里，恐怕慢慢淡忘了他们的"父母"和"哥哥姊姊"当年荷锄捡石的辛酸。但是，一九七七年，他们又共同度过了一次艰辛。

那一年，强烈的台风赛洛玛来袭，通往育幼院的道路山崩路阻，一切对外交通完全中断。院里虽有足够的米，却不能购买任何菜蔬，一家一百一十二口人天天以自己种植的地瓜、竹笋、洋菇、木耳佐餐，整整吃了两个月。他们紧紧地团结在一起，杨妈妈每天告诉他们："只要你不放弃，就永远会有希望。"

这一段考验，使孩子们体验到"只有自己创造，才能过幸福的生活"，这不但是杨妈妈多年来的信念，同时也是大家耳濡目染的信念。

我在山地育幼院住了两天，才依依不舍地告辞了伟大的杨妈妈和她可爱的孩子们，告辞了充满阳光和欢笑的荖浓溪畔。

在我们这个社会里，能爱自己的人已经愈来愈少了，不要说爱别人的孩子，像杨妈妈这样视别人的孩子如己出，爱之、育之、护之，把整个生命投射到孤儿的养育上，事实上已反映出一种逐渐失去的人性的光辉。

我相信，她付出的爱一定会得到报偿，我也相信，博爱是使人能生出力量的大元质。

走下山坡，过了吊桥，我回头看，山地育幼院正笼罩在夕阳柔和的光晕里。